U0038502

三民叢刊183

天涯縱橫

位夢華 著

三民書局印行

路說（代序）

小的時候，院子裏有一條路，是用碎磚鋪成的，從房門口到院門口，總共不過數米，但那卻是我有生以來所走的第一條路。那時候，院門口對我來說，就是一道重要的界限，在院子裏可以盡情玩耍，稱王稱霸，但一邁出那道門檻，就得小心翼翼，三思而後行之。

後來長大了，腳下的路從家裏延長到了地裏，最多也不過數里，但眼界卻擴大了，不僅目睹了大人們在田間勞作，而且還看到了叫天子在空中翻飛，蜥蜴在草間追逐。也不知為什麼，那時反而更不滿足，總想看得更多，走得更遠。當然，那是不可能的，因為種地的人家怎麼能離開自己的土地呢？

幸好，院子裏有一棵老杏樹，為我提供了一個更大的空間。我常常爬上去，坐在高高的樹杈上，向無盡的遠處眺望。北面是大澤山，峰巒起伏，連綿不斷。南面是笑豬山，幾個孤零零的山峰，只有在特別晴朗的天氣才能看見。聽大人說，看見了笑豬山，離下雨就不遠了。

故有「望見笑豬山，好天不過三」的諺語。頭頂上是藍天白雲，腳底下是綠草紅花。那時候很是奇怪，不知道這些東西都是從哪裏來的。

有一天，在街上玩，看見一隻大公雞，找到了一塊吃的，自己卻不吃，而是啄起來放下，啄起來放下，一面咕咕地叫著，呼喚著旁邊的母雞，結果，有一隻老母雞跑過來，揀起來吃了。這在我幼小的心靈中留下了深刻的印象，覺得雞們中間同樣也是很有感情的。母親見我好奇，便把幾個雞蛋放到熱被窩裏去孵。半個月後，放進水裏，吹吹口哨，那雞蛋竟會晃悠晃悠地游了過來，到二十一天便破殼而出。

後來，腳下的路延伸到了縣城，但幼時的嚮往和好奇卻根深蒂固，終於決定了一生的事業。高中畢業之後，便考上了地質學院。入學以後又後悔了，因為聽人家說，地質是不科學的科學，什麼「上山背饅頭，下山背石頭」，「遠看像逃難的，近看像要飯的，仔細一看，原來是搞地質勘探的」。於是覺得進錯了門，走錯了路，但也沒有辦法，只好既來之，則安之。

然而，正是因為搞上了地質，腳下的路才能走得如此之遠，不僅跑遍了中國的名山大川，而且還漂洋過海，先是去了美國，然後又到了南極和北極，真可以說是歪打正著，因禍得福。一九九五年五月六日，當我率領中國首次遠征北極點科學考察隊，經過千辛萬苦，冒著生命危險，終於到達了北極點的時候，環顧四周，所有的方向都是南。我站在那裏，四處張望，卻突然產生了一種失落感，那時才真正體會到了物極必反這一道理，於是想起了「禍兮，福之所倚；福兮，禍之所伏」這句名言，深深感到，老子實在是非常偉大的。

魯迅先生曾經說過：「地上本來沒有路，走的人多了，也便成了路。」這無疑是對的。而且，由此也可以揣測，從沒有路到有路，走在前面的人肯定要付出更多的汗水和努力。無論是南極還是北極，當我在冰雪上艱苦跋涉時，都深深地體會到了這一點。然而，我卻並沒有開拓出一條新路來，因為前面沒有人走過，後面也沒有人跟上，真是「前無古人，後無來者」，雖然地上也留下過一道痕跡，但很快就會被風雪抹去，一切消失殆盡，一切恢復如初。儘管如此，就我自己而言，在地球上的路也算走到盡頭了。

孔子曰：「六十而耳順，七十而從心所欲不踰矩。」現在，我的耳朵也開始順起來了，無論聽到什麼話，沒有好壞，沒有對錯，都能一笑置之，於是就可以隨心所欲不逾規，想幹點什麼就幹點什麼，人能混到這一地步也是不容易的。而我真正想做的只有兩件事，一是想，一是寫，把兒時的好奇和疑問，後來的見聞和思考，一一變成了文字，《天涯縱橫》就是其中之一。

俗話說，一個籬笆三個樁，一個好漢三個幫，何況我並非好漢，需要幫的地方就更多了，真是多一個朋友多一條路。所以，結交朋友則成了我的精神財富。例如，這本書之所以能在三民出版，沒有朋友們的幫忙是絕對不可能的。在這裏，我特別想提到的是梅新先生，他在促成此事之後，還沒有等到拙作問世，便不辭而別，匆匆而去，一個人跑到天上去了，令我只能對天長嘆，望塵莫及。當然，總有一天，我會追上他的。到那時，我再把這本小冊子當面呈上，請他賜教也不遲。

是為序。

一九九八年五月八日於北京

天涯縱橫

目次

北極奇想 21

兩極探險之路　91

北極之路　95

南極之路　121

科海縱橫　151

天涯奇想

南極奇想

人、神、太陽

在南極野外工作實在是一種嚴峻的挑戰，不僅必須與極其惡劣的氣候和極端嚴酷的自然條件做鬥爭，而且還必須隨時隨地克服由於極端孤獨、單調和煩悶所造成的心理上的壓力，對任何人來說這都不是一件容易的事，而對我來說就更加困難了。由於文化背景的不同，除了工作上的交往之外，我與那些美國同事們是沒有多少共同語言可說的。因此，工作之餘或臨睡之前，當他們幾個在說說笑笑，用一些無聊的事互相打趣的時候，我則往往孤零零地呆在一邊，陷入了漫無邊際的沉思。有趣的是，愈是在這種身體疲憊不堪，心理極不平衡的條件下，思維活動卻愈加活躍，而且常常產生出一些怪誕的想法，迸發出一些奇異的火花。例如，不知為什麼，我最近總在認真地考慮成仙得道的事。

說來話長，還在童年的時候，有一陣子，我曾經非常想遠離人間，去過一種無拘無束的生活。那時所想到的是長白山，到深山老林裏去搭一個窩棚，夏天種地，冬天打獵，與人無爭，與世隔絕，無憂無慮，快快樂樂，真是神仙般的生活。沒有想到，幾十年後，這種孩童時的夢幻卻近乎變成了現實，但卻不是在長白山，而是在遙遠的南極。然而，遺憾的是，實踐的結果卻遠不像原來想像的那樣美好。看來，神仙的日子也並不是那麼好過的。失望之餘，自然便想到了別的解脫。

人類有許多共同的東西。例如，幾乎所有的民族都有自己的天堂和上帝。而且，奇怪的是，不管是窮人還是富人，好人還是壞人，都想擠到天堂裏去。當然，他們的目的並不同。窮人因為苦，所以死後想到天堂去享幾天清福；而富人則因為活得無聊，想到天堂裏去尋求刺激；好人把天堂看作歸宿，而壞人則把天堂看作超度。然而，可笑的是，天堂和上帝到底是什麼樣子，卻無人知曉，只能任憑人去想像，因此也就千差萬別，形象各異。美國人的思想畢竟開放一些，敢於把他們的上帝放到人間來受苦。我在一個電影裏看到他們的上帝竟是一個普普通通的小老頭，與一般的美國人沒有什麼區別，唯一的特異功能是懂得隱身術，所以他的真實面貌就不大容易被人們識破。他在人間廣為善事，普渡眾生，但卻從不居功。我們中國則不同，無論是小說還是電影，總是把天堂描繪得樓臺殿閣，富麗堂皇，森嚴壁壘，深不可測。而玉皇大帝呢？則永遠是峨冠搏帶，廣袖大袍，威風凜凜，殺氣騰騰，高高在上，作威作福。因為從來不食人間煙火，所以也就不大可能知道老百姓的疾苦。不過，我很是懷疑天堂和上帝是否真會存在。因為，既然神仙們都超凡脫俗，已經斷了七情六慾，那麼，天堂裏還要那麼多高樓大廈幹什麼？還要那麼多金銀玉器幹什麼？還要那麼多美味佳餚幹什麼？還要那麼多佳人美女幹什麼？豈不是褻瀆神靈，引誘神仙們去犯錯誤？例如，天篷元帥就是物質刺激的受害者之一。他因為生性好色，經不起引誘，酒後失控，犯了天條，結果被打下人間，變成了一頭豬。當然，後來又有高老莊娶親，享盡豔福，還跟著唐僧出國考察，到西天去轉悠了一陣子，也可以說是因禍得福吧。因此我想，恐怕還是曹雪芹筆下的天堂更合乎情理一些，那就是：大地一片白茫茫，好乾淨。有趣的是，曹雪芹雖然未曾到過南極，但他所想像出來的仙境卻與南極的自然景觀極為相似。由此可以推測，如果曹老先生當年也能到南極來出差，那麼他肯定會流連忘返，從這裏遁入空門的。於是又想到了我自己。雖然並無生在地上想上天，活在人間想成仙的侈望，但在艱難困苦之中想到精神解脫，也是很自然的事。然而，也許是因為修行太差的緣故吧，雖然身臨南極仙境，但畢竟還是凡夫俗子，所以腦袋裏想的仍然是人間的酸甜苦辣、雞毛蒜皮之類的事，真是身在曹營心在漢，無論如何也是遁入不了空門的。當然，話又說回來，在徹底弄清天堂的狀況之前，我也不急於貿然入內，去趕時髦。這正如出國一樣，出來之前認為國外什麼都好，天堂似的，但等到國外一看，並不盡然，似乎還是國內更值得留戀，因而思鄉之情難忍難熬，倒成了一種精神折磨。好在只有兩年，熬一熬很快就會過去的。但是，如果真的成了神仙，問題就要複雜得多了，要想再回到人間去探親，恐怕就要難上加難。七仙女就是一個很好的例子，她冒著風險到人間來體驗了幾年生活，最後不還是被抓了回去？而且直到現在仍然兩地分居。由此可見，天上和人間一樣，都是等級森嚴的。

就這樣，在野外工作期間，我常常一個人獨自徘徊在茫茫的雪原之上，環視大地，仰望蒼天，覺得人間相去甚遠，天堂又很茫然，只有太陽實實在在，日夜相伴，照在身上，暖烘烘的，給我這疲憊不堪的軀體和孤苦伶仃的靈魂帶來一點點光明和溫暖。

於是我想，神異於人者，無貪欲也，即所謂四大皆空，因而則能知足而常樂，如彌勒佛，總是笑呵呵的，從來都不會發脾氣。但是，正因如此，也就無所追求，不思進取。因此，服裝上總是幾千年不變的老一套，法術上無非是呼風喚雨、騰雲駕霧那兩下子，雖能雲遊四方，不必擠火車；豐衣足食，無需慮凍餒，但飽暖終日，無所用心，整天閒逛，不幹實事，既聽不到廣播，更看不上電視，久而久之，大概也不會有多大意思。所以我想，如果神仙下凡來招生，自願報名者恐怕也是寥寥無幾。

而太陽之所以偉大，就在於永恆的奉獻而不攫取。日復一日，年復一年，將自己的能量源源不斷地送往大地，因而有生命；將自己的光芒永無休止地拋向宇宙，因而有光明。真可謂是法力無邊，功大蓋世。然而，它卻從不厭倦，更無暴戾，而是勤勤懇懇，默默無語。雖然在世界的其他地方有時也有驕陽似火，令人望而生畏的時候，但是在南極，它卻是含情脈脈，溫柔體貼，表現出了極大的熱情和博愛，如此聖傑的精神和廣闊的胸懷不正值得我們人類去學習嗎?由此可見，自古以來，人類總是讚美太陽，崇拜太陽，甚至神化太陽，是不無道理的。

雨和雪的風格

雨雪同宗，但風格迥異。雖然都從天上來，但雨點自上而下，劃出一條條筆直筆直的線條；而雪花卻飛飛揚揚，走出一道道彎彎曲曲的軌跡。雨點密密麻麻，前仆後繼，落地有聲，給萬物以滋潤；而雪花卻斑斑點點，飄然而至，默默無聞，給大地以新裝。雨點越集越多，匯成一股股洪流，衝擊污垢，洗刷塵埃，還萬物以本來面目；而雪花卻愈堆愈厚，充溝填壑，覆蓋山野，給大地蒙上一層潔白的面紗。古往今來，不知有多少人曾經夢想過，一覺醒來，世界大變，改天換地，舊貌全非，一切都變得美好如畫。然而，雖有英雄輩出，豪傑無窮，但卻沒有人能夠做到這一點。唯有大自然鬼斧神工，能像變戲法似地迅速改變著世界的面貌。其中，雨點則是一個偉大的改革者，它能給萬物以蓬勃生機，使大地煥然一新，當然，有時候也能導致洪水氾濫，因而引起人們的不滿和恐懼；而雪花則是一個極好的魔術師，它能在一夜之間，輕而易舉地改變世界的顏色，使一切都變得美好、乾淨、純潔、瑩晶，因而博得人們的喜愛和好評。儘管好景不長，便會悄然逝去，於是，塵埃仍然是塵埃，污垢仍然是污垢，一切暴露無遺，一切原樣如初，但人們對那短暫的時光，卻總是念念不忘，就像夢境一般，深深地留在記憶裏。

臺灣的朋友告訴我說，他們小的時候，常常因為總也看不到雪花而苦惱。長大以後，便花錢爬到阿里山上去，一等就是幾個小時甚至幾天，盼望著能一睹雪花的風采。一旦看到那潔白的雪花像一團團棉絮似的飄飄搖搖，紛紛落下，便會高興得手舞足蹈，歡呼雀躍，張口去接，為自己的幸運而歡呼。到了美國之後，第一次看到下雪會高興得像孩子似的，互相轉告，跳躍歡呼。但後來見得多了，也便逐漸淡漠。等到凍得發抖，無處躲藏時，便開始對雪花冷眼相看了。

我也是如此。原先，若要在雨雪之間擇其一，我自然是會偏向後者的，這不僅是因為雪花有華麗的外表和瑞雪兆豐年之美譽，而且還因為它相對來說比較稀少，所以覺得特別寶貴。但是，自從來到南極之後，天天跟風雪打交道，以前的看法開始發生變化。因為那雪花不僅見縫插針，無孔不入，鑽進衣領，衝進帳篷，甚至趁你睡著的時候悄悄地跑進鞋子裏，而且還常常仰仗風力，狐假虎威，迷住眼睛，埋沒儀器，打在臉上，刀割似的，使你躲無處躲，藏無處藏，真是防不勝防。於是便開始憎惡雪花而懷念雨點，覺得它們雖然外表平平，不善粉飾，但卻實實在在，直來直去，似乎是一些能給人類帶來福音和希望的小小天使。由此我想，粉飾雖為虛假，卻往往能給人們帶來一時的美感和享受，因而倍受青睞；揭露能見真實，但卻常常迫使人們不得不面對醜惡和痛苦，因而不為所愛。這正如一個人正在做著美夢而突然被喚醒因而遷怒於呼喊者一樣，大概這也正是人們不大喜歡雨而特別喜愛雪的原因之一吧。

當然，雨和雪都是自然界之客觀規律，是不以人的意志為轉移的，不管你喜歡與否，它們照樣是我行我素。

速度的含義

十二月八日是最後一個工作日，也是我在南極所經歷的最緊張最危險的一天。大風狂吹三天之後，雖然有些減弱，但起飛之後方才知道，空中的風力仍然是很強烈的。我們早晨八點出發，乘一架直升飛機在羅斯島上空盤旋，發現沒有冰雪的地方便降落進行重力測量。飛機就像是一隻掙扎在大風中的蜻蜓，晃晃悠悠，吱吱作響，有好幾次幾乎被吹翻。我雖然佩服機組人員的冷靜沉著，但坐在裏面仍然神經緊張，驚心動魄。直到回到基地方才鬆了一口氣，真有大難不死的感覺。晚飯之後躺在床上，已是精疲力竭。回想起白天的情景，一方面為完成任務而輕鬆，另一方面也為那些危險的時刻而害怕。如果真的摔了下來，葬身於南極的冰雪之中，固然也很壯烈，但畢竟得不償失。於是便想起了風的力量，由此便引出了速度的含義。

一架飛機停在地上，並不存在什麼危險，但若從空中摔下來，就有可能機毀人亡，釀成禍殃；一團空氣靜止不動，很難感到它的存在，但若運動起來，就有可能摧枯拉朽，飛沙走石;一塊石頭,拿在手裏,並不構成任何威脅,但若扔出去,就有可能擊中目標,傷人毀物;一粒子彈,壓在膛裏,並不使人望而生畏,但若射出去,就有可能穿牆鑿壁,斃人生命。何故?速度使然。由此可見,速度是能產生出巨大能量的。

遠古時代,人類只能步行,活動範圍有限,社會的發展也就非常緩慢,前後經歷了幾十萬年才算擺脫了原始狀態。後來,人類學會了騎馬和用車,運動速度提高了,相互溝通容易了,社會的發展也相應加快,從奴隸社會到封建社會,總共也不過幾千年。瓦特發明了蒸汽機,掀起了一場工業革命,運動速度空前提高了,社會的發展也便大大加快,雖然只有幾百年,世界的面貌卻發生了翻天覆地的巨大變化,人類不僅走向全球,而且已經進入太空,運動速度達到每秒十幾公里,社會的發展更加突飛猛進,日新月異。何故?速度使然。由此可見,速度是能推動社會向前發展的。

人家出門坐飛機,我們只能擠火車;人家上班開汽車,我們只能蹬兩輪;人家種地用機器,我們主要靠人力;人家有事通個電話就行了,我們卻必須登門去傳達。所以,我們只能承認自己落後。何故?速度使然。由此可見,速度也是一個國家或民族發展水平的標誌。

南北美洲的印第安人也曾創造過光輝燦爛的文化,但西方入侵之後,幾乎被趕盡殺絕。究其原因,相當複雜,但其關鍵所在,就是不會騎馬,活動範圍有限,難以互相溝通,因而部落割據，各自為政，無法形成統一的國家。後來雖然學會了，但卻為時已晚，還是被分化瓦解，各個擊破。何故？速度使然。由此可見，速度也是一個國家或民族生死存亡的關鍵。

那麼，怎樣才能趕上去呢？問題仍在於速度。如果十幾億人都能加快自己的節奏，那將會產生出非常巨大的能量來的。當然，要做到這一點並非一件容易的事，首先必須從更新觀念開始。例如，西方人不肯承認自己老，在他們的語言中，老和舊是同一個單詞(Old)。而我們卻以老為貴，以老為榮，什麼老專家、老權威、老字號、老前輩，甚至連稱呼前面也要加上一個「老」字。老則慢，所以慢則是理所當然的，說話以慢為高雅，走路以慢為風度，幹事以慢為穩妥，甚至連送客出門，也要連連說：「慢走，慢走。」以此表示祝願和敬意。於是我又想起了烏龜和兔子。美國人不喜歡烏龜，只是因為它太慢，如果你幹事磨磨蹭蹭，人家就會說你慢得像個烏龜。我們也不喜歡烏龜，倒不是因為它太慢，而是賦予了另外一些莫須有的含義。至於慢，反倒成了優點，在與兔子的比賽中，竟能以慢取勝，拿到了金牌。如果仔細想一想，就會覺得有點滑稽。賽跑者，速度之比也。但是，烏龜的勝利卻不是因為自己的速度快，而是由於兔子的驕傲和失誤，因此，這樣的僥倖取勝只能是暫時的和偶然的，因為兔子也會總結經驗教訓，不大可能老是犯錯誤，一旦清醒過來，烏龜就將望塵莫及。

生死存亡之關鍵，速度也！正是：多少事，從來急；天地轉，光陰迫。一萬年太久，只爭朝夕。

成語、圍牆及其他

在我們的語言寶庫中，有許多言簡意賅的成語和諺語，源遠流長，應用甚廣。也許正因如此，人們也就人云亦云，習以為常，對其含義正確與否很少仔細去分析，偶爾尚有觸及者，反會落個吹毛求疵。正如祖傳秘方，後人總是捧為至寶，視若神靈，以為是靈丹妙藥，可以包治百病。如若有人稍表疑異，就會被指為大逆不道。其實，隨著科學的發展和社會的進步，人類的認識也在不斷地深化和更新，原被視為真經，奉為神明的東西，後經實踐證明是錯的，或者至少並不像以前想像的那樣完美無缺，也是常有的事。例如，人們常用「井水不犯河水」表示彼此獨立、互不相干，或在感情上一刀兩斷。但是實際上，井水和河水不僅同源，即都受雨水的控制，而且還通過地下渠道緊密相連。如果天不下雨，不僅井水減少，河水也會枯竭。由此可見，它們是一損俱損，一榮俱榮，要想彼此獨立，互不相犯是不可能的。大概是因為古代的人們不大懂得水文，單從表面上看，井水與河水相距甚遠，便認為它們是風馬牛不相及，哪裏知道，它們原來還在地下私通呢。

推而廣之，世界上有許多事情，表面上看來界限分明，實際上卻是「你中有我，我中有你」。例如，海洋和陸地是兩種迥然不同的地理景觀，按理說它們之間的界限應該是非常清楚的。但是，實際上卻並非如此，不僅它們之間的邊界總是彎彎曲曲，因而洋中有島，陸中有灣。而且陸地還延伸到大洋之下，構成了大陸架；而海洋則漫浸入陸地之上，構成了邊緣海。山地和平原也是如此，平原伸入山地，則有群山環抱的低谷；山地突入平原，則有連綿起伏的丘陵，嚴格來說，它們之間的邊界到底應該劃在什麼地方同樣是難以確定的。

社會又何嘗不是如此，兩國接壤，邊界分明，邊民往來卻絡繹不絕；雙方交戰，森嚴壁壘，但也避免不了互派間諜，打入對方內部；好人壞蛋，概念清楚，但他們身上卻沒有任何標籤。雖然小說和電影中常把好人描寫成儀表堂堂，壞蛋裝扮成尖嘴猴腮，起到了一目了然之功效；或者把人類最好的品質都集中在正面人物身上，而把各種最壞的勾當都讓反面人物去幹，起到了揚善抑惡之作用，但在實際生活中卻遠非如此。壞蛋並非從娘肚子裏一生下來就壞，一壞到底。好人也不可能一切都好，有時也難免會犯錯誤。

歷史的發展也不例外。新生的社會制度總是從舊制度中脫胎出來的，難免帶有舊社會的種種烙印，正如嬰兒從母體中分離出來仍然帶有母體的基因一樣，不大可能像蛹變成蛾子似的，脫胎換骨、面目全非、吃掉原來的軀殼，自己飛到天上去。

於是我想起了圍牆和籬笆，這是生活中最常見到的界限之一。剛到美國時，覺得有點不可思議，無論大學、小學，還是機關、工廠，都是四通八達，直接與街區相連，看不到任何界限。就連住戶的周圍也都是草坪一片，一馬平川，從未見過高牆壁壘，深宅大院。只有監獄是例外，四周總是有一道高高的鐵絲網。而我們呢？單位不論大小，都是院牆高築；機關不管上下，門衛總是不可少的。結果是彼此封閉，劃地為牢，構成了許多不可逾越的障礙。當然，無須諱言，圍牆和門衛在劃清邊界，自立門戶，防止窺探，阻止穿行等方面確實發揮了一定的作用。至少是提供了某種管理方式，增加了一定的安全係數。但其意義恐怕總是有限的。例如，若是為了防盜，卻從未聽說因有幾堵高牆而使小偷斷子絕孫；若是為了保密，卻也從未聽說因有幾個門衛而使間諜望而卻步。因此，不妨反過來想一下，如果原本就沒有這麼多圍牆和籬笆呢，天下也未必就會大亂吧？

北極奇想

大洋禮讚

你曾經鳥瞰過太平洋嗎？那浩瀚的雄姿總是令人折服；你曾經瞭望過大西洋嗎？那神奇的力量總是使人畏懼；你曾經飛越過南大洋嗎？那環狀的水體給地球披上了一條銀白色的彩帶；你曾經俯視過北冰洋嗎？那潔白的冰蓋給地球戴上了一頂巨大的帽子。

是的，我曾橫跨過太平洋，從北京飛到舊金山；我也曾縱穿過太平洋，從阿拉斯加到南極；我曾經眺望過大西洋，不禁想起了百慕達三角的神話；我也曾俯視過南大洋，那奇麗的景色使我讚嘆不已。現在，我終於又來到了北冰洋，並且與之息息相關，朝夕相處，無論走到哪裏，視野中總是留有它那浩茫如煙的影子。有時候，風平浪靜，海面如鏡，那大洋似乎進入了甜蜜的夢鄉；有時候，陰風怒號，濁浪排空，那大洋似乎發起了脾氣；有時候，波濤滾滾，浪花飛濺，那大洋似乎正在細聲訴說；有時候，冰山如林，銀裝素裹，那大洋似乎穿上了禦寒的冬衣。

我常常獨自徘徊在大洋之濱，久久不肯離去。飛鳥從面前一掠而過，在蔚藍的長空翱翔；海豹偶爾從水中伸出圓滑的腦袋，喘上一口粗氣，然後又匆匆離去；傘狀的水母拖著一條長長的尾巴，在海邊自由自在地游泳；倘若幸運，還能看到巨大的鯨群，從遠處緩緩地游過，不時地噴射出高高的水柱。晚霞映紅了大海，像一把無名之火，在天邊熊熊燃燒；波濤震撼著大地，像是有千軍萬馬，正在向岸邊衝鋒、搏擊；太陽不落，每天繞行一周，周而復始；月亮卻有升有降，有圓有缺，走著一條完全不同的軌跡。

也許是觸景生情的緣故吧，就這樣地朝思暮想，潛移默化，久而久之，卻驀然對大洋產生了一種敬慕之心，或者也可以叫做「大洋意識」。

我們讚頌大地，稱她為人類的母親，這無疑是對的，因為人類確實是從大地上演化而來，而且是在大地上生存繁衍至今的。但是，據古生物學家告訴我們說，地球上最初的生命形式，如細菌和藻類等，卻只能在海相沉積的岩石裏才能找到它們的化石。這也就是說，地球上的生命首先是在大洋中孕育和發展起來的。當然，這經歷了幾十億年的漫長歲月，演化繁衍，優生劣汰，從簡單到複雜，從低級到高級，從單細胞到多細胞，從無脊椎到有脊椎，從水生到兩棲，從兩棲到陸生，從卵生到哺育，從哺育到人類。眾所周知，我們每一個人都是從一個單細胞開始，逐漸發育成熟起來的。所以，這十月懷胎就正好反映了地球上生命演化的歷史，那羊水也正好說明了一切生命都是從水裏發展而來的。因此，當人們懷著虔誠之心對著大地母親頂禮膜拜的時候，卻不應忘記大洋的功勞，因為，她正是地球上所有生命的母親。但是，遺憾的是，人們卻似乎忘記了這一點，而是以最高級的生物自居，從不把其他生命看在眼裏。實際上，如果沒有那些看上去微不足道的低級生命，人類就成了無源之水、無本之木，只能像聖經上所說的那樣，是由上帝造出來的。

我們謳歌大地，稱她為人類文明的搖籃，這無疑是對的，因為大地確實賜給我們以生存的沃土。但是，你可曾想到，如果沒有雨水，這沃土只能是不毛之地。而這雨水則是通過大洋水份的蒸發而源源不斷地提供出來的。大洋就是這樣，通過自己無私的奉獻，給萬物以生機，並維繫著地球上生態的平衡。

我們尊崇大地，稱她為物質財富的寶庫，這無疑是對的，因為大地確實為人類的生存創造了必要的物質條件。但是，你可曾想到，大陸上的許多自然資源都是與海洋密切相關的。

且不說那些可再生的資源，如生物資源，都要靠水份而生存，而且有許多礦產資源，例如石油和天然氣等，實際上也首先是在大洋裏形成的，然後，經過滄海良田的地殼運動，有一部分在陸地上儲存起來，而有一部分仍然存於海底。不僅如此，人類所享用的許多物質財富都是直接從大洋裏攫取的。因此，如果說大陸是資源的寶庫，那麼大洋則是資源的源泉。

我們熱愛大地，稱她為人類的家園，這無疑是對的，因為大地確實為人類提供了角逐的舞臺和生存的空間。但是，你卻曾想到，若與大洋相比，大陸只不過是一些彼此分離的孤島，只有大洋才緊密相連，構成了一個覆蓋在地球表面的完整的體系。因此，大洋不僅為人類提供了更加廣闊的舞臺，從而大大拓寬了人類的眼界和思維空間。而且還以其本身的廣闊、深遠和包羅萬象，為科學的發展開創了許多嶄新的領域。

最近幾年，人類費盡了九牛二虎之力，正在進行著意義深遠的宇宙探測，其目的之一是想瞭解其他星球上是否也有生物。結果發現，即使原先認為最有希望的火星，卻原來也並無任何生命，其根本的原因就是因為那裏沒有水。於是，人們更加感到了這大洋的可貴與神奇。是啊，若從太空望去，我們賴以生存的星球原來是個藍色的球體，而這正是因為，它披著大洋這層華麗的外衣。

然而，遺憾的是，由於人口爆炸，環境破壞，大洋正在承受著愈來愈大的壓力。例如，大氣污染，酸雨傾盆，最後卻要由大洋來承擔這惡果；森林砍伐，水土流失，最後卻要由大洋接受這淤泥；能源匱乏，資源枯竭，最後卻要從大洋裏去尋找補償；濫捕濫殺，生態失衡，最後卻要由大洋來化解這危機。

當然，大洋也並非完美無缺，任人擺佈。作為孕育了如此眾多生命的偉大母親，大洋是如此寬厚、溫柔而仁慈。但是，作為組成自然環境的重要因素，大洋有時候又是如此的肆虐、狂暴而嚴厲。它那震天的怒吼確實令人聞而生畏，它那洶湧的波濤也確實令人望而卻步。然而，正是由於這博大深遠，才激發了人類求知的欲望；正是因為這驚濤駭浪，才鍛煉了人類頑強的意志。如果沒有大洋，怎麼會有出類拔萃的舵手？如果沒有波濤，怎麼會有激流勇進的弄潮兒？

與大洋相比，人類是渺小的，其渺小在於自私、狹隘，只顧眼前利益。而大洋才是真正偉大的，其偉大在於寬宏、深邃，囊括了整個地球。

站在海角，眺望大洋，常常會生出許多感觸。在那彎彎曲曲的海濱，堆放著無數大大小小的沙石，這正是大洋與大陸相互較量的產物。再看那遍佈腳下的鵝卵，雖然大小不等，形狀各異，但卻都是光光滑滑，稜角全無，離不開一個「圓」字。這就標誌著，它們雖都出自深山，但卻經歷了相當漫長的歲月，走過了極其曲折的道路。如果它們能夠開口，一定會講出一長串動人的故事。於是又想到人生，何嘗不是如此。初出茅廬，血氣方剛，真是初生牛犢不怕虎。只有經過無數次的坎坎坷坷、碰碰撞撞之後，才能逐漸有所領悟，但與此同時，卻也失去了先前的銳氣而淪為圓滑。正是：

初出深山稜角尖，
千滾萬磨成方圓。
隨波逐流奔大洋，
陰差陽錯到海灘。
天涯無處不為家，
任憑風吹浪擊濺。
忽復一日進博物，
萬人爭睹夢聯翩。

大浪淘沙，永無休止，感慨之餘，忽然想到了老子。據傳，孔子在出關之前，曾向老子道別，並詢問老師有何指教。老子無言，只是張開口讓他看，孔子看了半天，不解其意。最後，老子開口說：「你看見了吧？我的牙早就沒有了，但舌頭還是好好的。」這就是所謂的「剛者易損，而柔者尚存」的道理。這大洋與大陸又何嘗不是如此。大陸雖然堅硬，卻為大洋所分割，四分五裂；岩石雖然剛強，卻能為水所雕刻；海岸雖然挺拔，卻也抵不住浪花的衝擊，漸漸垮落下來，最終為浪潮所吞沒。更不必說，海底升降，大陸變遷，地球上的陸地，有相當一部分是由大洋造出來的。由此可見，大陸的存在是暫時的，而大洋的存在才是永恆的。

兩極的世界

每個人的頭腦裏，都存放著許許多多相反相成、互相對立的概念和依據，例如，南北，東西，上下，左右，好壞，香臭，善惡，美醜，如此等等，構成了人類評判是非，決定對錯，辨別好壞，對客觀事物作出反應的標準和能力。如果沒有這些參照物，人們就會失去行為的準則。

當然，人類頭腦中這些既對立又統一的標準和原則，也並非憑空想像出來的，而是客觀實際的反映和昇華。因為，客觀世界就是一個兩極世界，例如，電荷有正負，生物有雌雄，地球有兩極，物質還有反物質，等等。不僅如此，人類社會也總是兩極分化，互相對立，互相矛盾，又互相統一的，例如，兩大陣營的冷戰，東西方的競爭，貧富的對立，美國黑人和白人的鬥爭等。由此看來，兩極的存在和對立是一個普遍規律，是放之四海而皆準的真理，不僅構成了世界，而且也構成了宇宙，也許有一天，人們將會發現，在我們所知道的宇宙之外，還有一個反宇宙存在呢！

實際上，我們的祖先早就認識到了這一點，並且進行了極其精闢地總結和概括，那就是「陰陽」二字。長期以來，陰陽八卦太極圖被看成是一種迷信的象徵，實在是大錯而特錯了。其實，這正是我們聰明的祖先經過長期實踐而對包羅萬象的客觀世界進行了高度抽象思維的結果，他們將存在於宇宙萬物中既對立又統一的兩個方面歸於陰陽，並用一個簡單明瞭的圖案既生動又深刻地表示了出來，這實在是人類智慧的結晶，也是人類文明史上的一大奇蹟。不僅如此，我們的祖先還用兩爻，即陰爻（--）和陽爻（一）的組合排列構成了八卦，又用八卦的組合排列，進而構成了六十四卦，而這正是構成今天所用的幾乎是萬能的電子計算機最基本原理的二進制。在西方，直到十七世紀末和十八世紀初，才由德國的自然科學家萊布尼茨首先提出了這一概念。據說，當他獲悉，他費盡了九牛二虎之力才發現的二進位制早在幾千年之前，中國的伏羲先天六十四卦圖中就已經有所使用和表述時，不僅大為驚訝，佩服得五體投地。而且甚至還寫信給當時的康熙皇帝，要求加入中國國籍。

說到這裏，也許有人會問，南北兩極純粹是由於地球自轉的結果，是完全對稱的，根本談不上什麼對立的統一，又怎麼會有陰陽之分呢？

實際上，雖然地球的兩極同處寒帶，常年為冰雪所覆蓋，似乎沒有多大區別。但卻是一高一低，一個是大陸，一個是海洋。如果我們把凹進去的一端看作陰，突出的一端看作陽，那麼，地球的兩極同樣也沒有超出我們祖先所設計的八卦太極圖。

同樣的，人類社會也是如此。例如美國的兩黨之爭，實際上也是兩極政治。雖然，從理論上來說，人民有結社的自由，但是實際上，除了共和和民主兩大政黨之外，其他團體卻無論如何也成不了氣候。自建國以來，這兩大政黨就一直左右著美國的局勢，你來我往，輪流坐莊，不是你壓倒我，就是我壓倒你。其實，其他國家又何況不是如此，雖然有時候看上去派別很多，五花八門，山頭林立，各自為政，但往往只是一種暫時的過渡現象而已，最終的結果還是會演化成兩大派別，即陰陽兩極，中間勢力總是要分化瓦解，總也左右不了大局。

至於構成人類社會的最根本的兩大因素，即男人和女人這兩大力量，就更是陰陽對立，兩極分明了，長期以來，反反覆覆，先是母系社會，後有父系氏族，儘管有時候雙方都聲稱自己吃了虧，嚷嚷著要獨立，但又誰也離不開誰，如果男人和女人分開了，那麼人類社會也就不復存在了。

實際上，雖然我們反對強權而支持正義，鄙棄邪惡而喜歡善良，痛恨醜陋而追求美好，厭惡黑暗而嚮往光明。但是，你可曾想到，若是沒有強權，又何謂正義；沒有邪惡，何謂善良；沒有醜陋，何謂美好；沒有黑暗，又到哪裏去尋找光明呢？這也就是說，在人類社會往前發展的過程當中，正反兩個方面的作用都是不可忽視的。儘管人們因為痛恨壞蛋而不願意為他們樹碑立傳，但在書寫歷史時卻也沒有辦法避開他們的名字。例如，你在歌頌岳飛時，能忘記日本鬼子嗎？你在談到文化大革命時，能不提林彪嗎？你在回憶抗日戰爭時，能不提秦檜嗎？你在書寫第二次世界大戰的歷史時，能不提希特勒嗎？顯然是不可能的。這實際上也是在為他們樹碑立傳，只不過並非贊揚，而是痛罵。但是，話又說回來了，對於那些早已壽終正寢的壞蛋來說，痛罵與贊揚又有什麼區別呢？只不過是說給後人聽的，讓人們引以為戒就是了。由此可見，人類社會同樣也是一個兩極的世界。

大自然確實是天衣無縫，鬼斧神功，氣象萬千，奧妙無窮。無論是電荷的正負，還是生物的雌雄；無論是磁場的兩極，還是引力和斥力的平衡，都是如此的完美、和諧、統一，而且永恆。

站在冰原上的思索

想像中的東西往往是完美無缺，因而容易引人去追求、去探索。但現實的東西卻是實實在在，因而容易發人深思，使人清醒。當我帶著對南極的眷戀，懷著對北極的憧憬走下飛機時，眼前的景象使我大為驚異。所有同機的旅客都有人來歡迎，他們熱烈問候，互相擁抱，但說的是愛斯基摩語，我卻一句也聽不懂。雪花飄飄，冷風颼颼，北京的七月正是驕陽似火，而這裏的天氣卻似乎一下子變成了寒冬臘月。當然，這比南極的夏天要暖和多了，但因我穿的是單褲單褂，還是凍得哆哆嗦嗦，站在那裏東張西望，不知所措，獨闖北極就是這樣開始的。

從一九八一年到現在，在這十年多一點的時間裏，我有機會從東半球飛到西半球，從北半球飛到南半球，先是去了南極，現在又站在了北極，也算是完成了一次全球性的長途旅行，實在是很幸運的。人生活在社會上，總要受到像法律、道德、感情、義務等重重條件的約束，因而思維也便受到了許多限制。而在到達兩極之後，因為幾乎是完全脫離了人類社會，所以，從理論上來說，這些約束和限制已經不復存在了，所以對有些問題，似乎就看得更加清楚一些。

細細回想起來，若從高空觀察地球，主要可以看到四種不同的顏色，即藍、綠、黃、白。而對生物來說，這四種顏色分別有著不同的含義。藍色即海洋，這是生命的源泉。綠色和黃色皆為陸地，但其含義卻迥然。綠色不僅是生命的標誌，而且也是人類的搖籃，它不僅為人類和其他動物提供了食物和棲息地，而且還通過光合作用，不斷地淨化空氣中的二氧化碳，而釋放出為生命的存在所必不可少的氧氣。而黃色卻標誌著生命的終點或禁區，或者是植被枯黃，標誌著生存的艱難；或者是光山禿嶺，標誌著寸草不生；或者是黃水滾滾，標誌著沙土流失；或者是沙漠茫茫，標誌著生命的死地，極少生物能夠在這種地方生存和繁衍。至於白色，向來被看成是純潔的象徵，但對生命來說，既具強烈的誘惑，又是嚴峻的挑戰。當你真的站在那茫茫無邊的冰原之上，聽著那肆虐的狂風在四周怒吼，看著那紛亂的雪花在面前飛舞，你會有何感受？你會得到些什麼樣的啟示？你會怎樣面對人生？你會思考些什麼樣的問題呢？

兩極

如果我們要為兩極各選一個吉祥物的話，南極當然是企鵝，這大概不會有什麼異議。但是北極呢？恐怕只有選北極熊了，不過這很可能會有不同的意見，因為那種傢伙是否吉祥是很有點疑問的。然而，這兩種動物之間的明顯不同，卻也正好反映了南北兩極間的巨大差異。企鵝是如此的溫順、善良、親切、友好，這也正好標誌著，在南極，不僅人類之間的合作精神得到了最大限度的發揚和光大，即使冷戰最烈時，來自美國和前蘇聯的科學家，或者來自正在交火雙方的考察隊員，都能密切合作，友好相處。而且人類和動物之間也是和諧而親密。而北極熊卻是如此的凶猛、強悍，真是威風凜凜，不可一世，這也正好標誌著：在北極，不僅人類與大自然之間關係緊張，難以調和，而且人與人之間也是怒目而視，兩個超級大國一直在這裏搞冷戰和對抗，已經持續了半個多世紀。

世界局勢的變化是難以預料的。第二次世界大戰期間，西方的物資和裝備，東面通過白令海峽，西面通過摩爾曼斯克，源源不斷地運進蘇聯，以支援蘇聯的反法西斯戰爭。但是，戰爭剛一結束，原來的反法西斯統一戰線立刻分成兩半，並陷入緊張的對立之中，這時的白令海峽已不再是友好往來的通道，而成了互相敵視的前線。於是，北極在軍事上的重要性空前地突出了出來。沿北冰洋沿岸，雙方都開始修建強大的雷達系統，以密切監視對方的行動。

但是，五六〇年代的時候，雙方仍以地面部隊和常規武器為主，所以，那時對抗的焦點是在西歐，因而有北大西洋公約組織和華沙條約組織兩大軍事集團。到七〇年代以後，遠程導彈和戰略核武器漸漸取得了主導地位，因此，對抗的焦點也開始轉移。起先，由於火箭的射程比較短，所以必須盡可能地靠近對方的領土才有可能擊中目標，因此，爭奪海上主動權則成了扼制對方核潛艇活動的重要一環，而蘇聯的戰略核潛艇的相當大一部分是部署在北冰洋沿岸以摩爾曼斯克為中心的一些地區，要對西方國家進行攻擊，就必須通過挪威與格陵蘭之間的狹窄海域進入大西洋，而這一咽喉地區的兩岸又恰恰控制在西方人的手裏。所以，那時候，北大西洋則成了雙方對抗的主要焦點。

然而，到八〇年代末和九〇年代初，形勢又有了新的轉變。因為雙方的戰略導彈的射程都已大大提高，達八千公里。這樣，蘇聯的核潛艇根本用不著出北極，只要呆在北冰洋裏，就可以擊中北半球的任何目標。戈巴契夫上臺以後，便下令將蘇聯的戰略核潛艇全部集中到北冰洋，不僅大大地節省了開支，而且還可揚長避短，因為蘇聯一向有在冰下航行的豐富經驗。而對隱藏戰略核潛艇來說，北極又是最理想的場所，因為巨厚的冰蓋可以使偵察衛星無能為力，而冰層不斷地破裂所發出的巨大噪聲，又可使聲納追蹤系統失靈。美國當然也如法炮製。於是，兩個超級大國的戰略核潛艇則在北冰洋的冰蓋以下來往如梭，互相追逐，甚至不止一次地發生相撞事故。因此，從八〇年代末期開始，兩個超級大國對抗的焦點實際上已經轉入了北極。由此可以看出，對於人類社會來說，北極意味著什麼。而南極則恰恰相反，根本談不上什麼軍事意義。雖然美國人也曾經擔心，蘇聯的導彈可能會繞過南極的上空而從背後攻擊美國的目標，但那只不過是一場由於神經過敏所造成的惡夢而已。

當然，北極的意義決不僅僅限於軍事方面。早在七八〇年代，北極資源就已經成了人們經常談論的熱門話題。後來，隨著國際形勢的緩和，則開始了對北極資源大規模的勘探和開發。初步調查的結果表明，北極地區的自然資源，特別是能源是相當豐富的。據估計，北極地區的油氣儲存相當可觀，數量驚人，原油的儲量在一千到二千億桶之間，而天然氣的儲量則有二千至三千萬億立方英尺之巨。這引起了世界各地投資者的極大興趣，儘管這裏氣候惡劣，運輸條件困難，但是現在，北極仍然成了人們注意的焦點。這是因為，與其他國家或地區相比，這裏的資源主要控制在美國、加拿大和蘇聯等幾個大國的手裏，只要這些國家之間不打起來，那麼這一地區在政治上就是穩定可靠的，不會受到像中東那樣無窮無盡的動亂和戰爭的破壞和干擾，因此具有更大的吸引力。而對美國來說，北極資源的重要性更是舉足輕重。位於北冰洋沿岸普路渡灣的北坡油田已經成了美國石油工業的重要支柱。這一巨大油田的儲量估計為原油九十至一百億桶，天然氣二十六萬億立方英尺。每天產量約為一百六十至一百七十萬桶。現在，北極油田的產量佔美國石油總產量的二十六%，佔美國石油總消耗量的十一%。而蘇聯北極油氣的產量則佔蘇聯油氣總產量的六十%以上。這次美國在和伊拉克之間的戰爭中雖大獲全勝，但卻也加劇了美國人的危機感，使他們再一次地意識到，非開發自己的油田不可，因而更增加了對北極資源的重視。另外，在阿拉斯加的西北角，還有一個據稱是世界上最大的煤田，估計儲量有三十億噸，且構造簡單，煤質很好，適於露天開採，至今尚未觸動。這裏屬於愛斯基摩人的天地，他們成立了一個公司，正在招攬投資。

相比之下，南極資源的潛力雖然也非常之大，但由於那裏的氣候要比北極惡劣得多，而且運輸條件更差，既遙遠又困難。更加重要的是，南極條約系統已經決定，五十年內禁止開採南極的資源。因此，對於人類社會來說，南極資源還只是牆上畫餅，並沒有什麼現實意義。

除此之外，南北兩極之間還有一個最根本的差別，即北極圈以內有幾十萬人口，而在南極圈以內卻連一個永久性的居民也沒有。這主要是由於地理和氣候的不同造成的。北極周邊是陸地而中間是海洋，而南極則恰恰相反，周邊是遼闊的海洋，中間是一塊很高的大陸。由於北極自然表面的海拔高度要比南極低得多，所以北極地區的平均氣溫要比南極高一些，平均要高三十多度。因此，不僅是人類，而且生活在北極圈的各種生物，不論是種類還是數量，都要比南極圈內豐富得多。

北極人口主要集中在蘇聯境內，大約有七十多萬。其次則是格陵蘭、加拿大北部，和阿拉斯加北部，加在一起還不到十萬人。在北極居民中，知名度最高的大概就是愛斯基摩人了，但愛斯基摩這名字卻是印第安人叫起來的，即「吃生肉的人」之意。他們自己並不願意聽到這名字，而是自稱為「因紐特」人或「因紐佩特」人，即「真正的人」之意。其次是生活在北歐的拉普人，這是北極居民中唯一白人血統的民族。其他民族，包括西伯利亞人在內，都屬於亞洲血統的黃種人。這些民族實在應該說是世界上最頑強和最勇敢的民族，他們世世代代生活在極端嚴寒，極端艱苦的環境中，形成了極其獨特的文化形態和生活方式。因此，若從人文學的角度來看，北極比南極也要重要得多。

地球因為在不停地自轉，就像陀螺一樣，總是保持其軸向不變，因而有兩極。長期以來，兩極由於遙遠、寒冷，且有極晝極夜之奇觀，故而成為神秘之所在，吸引著人們的好奇心和注意力。然而，由於其嚴酷的自然條件，使人類一直望而卻步。直到近百年來，經過前仆後繼的努力之後，人們才逐漸揭開了地球兩端神奇的面紗，當然也付出了沉重的代價，有不少人長眠在這茫茫的冰雪之下。也許有人會說，這都是無謂的犧牲，其實何必著急，若等到今天，只要坐上飛機在上面轉一圈，不就一切都一清二楚了。是的，這倒也是真的。但是，你可曾想到，如果沒有牛頓，人們怎麼會知道萬有引力定律？如果沒有伽里略，人們怎麼會知道地球是圓的？如果沒有達爾文，人們怎麼會知道生物的進化？如果沒有魏格納，人們又怎麼會知道大陸漂移？實際上，正是這種好奇心才推動著人類對未知世界的探索。而正是那些堅韌不拔、英勇頑強的探索者才不斷地豐富著人類知識的寶庫。如果沒有這種好奇心和探索精神，那麼到現在，地球上最高級的動物很可能仍然是猴子，飛機又從何而來呢？

自五〇年代後期以來，人類開始了向南極的科學大進軍。三十多年以來，在南極條約系統的管理和控制之下，南極事業有了重大的突破和長足的進步。現在我們中華民族也成為這支隊伍中的重要一員，雖然起步晚了一些，但卻成績斐然，大有後來者居上之勢。

但是，相比之下，北極的科學研究卻要落後得多。究其原因，主要是由於軍事上的對抗和政治上的競爭，而使任何形式的國際合作都絕無可能。直到八〇年代後期，由於國際形勢的變化，才給人類的北極事業帶來了新的轉機。一九九〇年八月二十八日，經過四年多的討價還價、艱苦談判之後，在北極圈內有領土和領海的加拿大、丹麥、芬蘭、冰島、挪威、瑞典、美國和蘇聯等八個國家在加拿大的瑞薩魯特灣(Resolute Bay)簽署了一份文件，決定成立一個非政府的科學組織，即「國際北極科學委員會」。一九九一年一月，該委員會在挪威的奧斯陸召開了第一次會議，並接納法國、德國、日本、荷蘭、波蘭、英國等六個國家為其正式成員國。至此，人類在北極地區的國際合作終於邁出了艱難的一步。於是，有人評論說：「堅冰正在消融」。有人斷定說：「科學沒有邊境。」有人興高采烈地說：「北極時代已經到來。」還有人以預言家的口吻大膽地猜測說：「現在，雖然不能說誰統治了北極誰就將統治世界，但卻可以更精確地說，誰想給矛盾重重的世界帶來和平與穩定，他就必須知道和瞭解北極。」北極對於人類社會的重要性由此可見一斑了。

最近幾年，南北兩極的知名度突然大增，這倒並不是因為北極在政治上的突破，也不是由於南極在科學上的成就，而是因為，據科學家們報告說，在南北兩極的上空，出現了兩個不大不小的臭氧空洞。消息傳出，輿論譁然，似乎世界的末日就要來臨了似的。於是，科學家們忙碌起來了，他們在深入地研究、嚴密的觀測；環境保護主義者緊張起來了，他們在大聲疾呼，嚴厲指責；政治家們也動員起來了，他們在召集會議，發表宣言；甚至連那些一向默默無聞的平頭百姓也害怕起來了，他們憂心忡忡地注視著天空，雖不知臭氧為何物，但卻清楚地懂得，糧食歉收有礙於溫飽，而萬一得了皮膚癌卻不是好玩的。

這到底是怎麼一回事呢？

人類

地球到底有多大年紀？據最新研究的結果表明，它大概已經存在了有四十六億年了。但在這方面，它並沒有什麼特別之處，與太陽系中的其他行星大約都是一胎多胞的孿生兄弟。然而，若與其他行星乃至其他許許多多太陽系以外的星球相比，地球的光輝之點卻在於，在這幾十億年的漫長歲月當中，它演化出了在宇宙間極可寶貴的生命。

在無機化學的研究中，有一個非常重要的定律，叫做質量守恆定律，或者物質不滅定律。意思是說，在一個孤立的或封閉的系統當中，參加化學反應的全部物質的質量，就等於反應所產生的全部產物的質量。如果推而廣之，這實際上是一個放之四海而皆準的普遍真理。如果我們把地球看作是一個封閉系統的話（當然，把整個宇宙看作是一個封閉系統也可以），那麼，地球上的所有物質永遠是一個常數，既不可能消滅，也不可能憑空地製造出來的。人類社會發展到現在，雖然科學發達到足以進入宇宙，但卻沒有辦法創造出一點點物質，更沒有辦法創造出一個生命，哪怕是最簡單的生命。實際上，人類所作的全部努力，只不過像個魔術師一樣，把地球上的物質從一種形式轉變成另一種形式而已。例如一個人，每天都要吃東西，而且總想吃得好一點。那麼，他吃下去的東西到哪裏去了呢？一部分變成營養，為其身體所吸收，另一部分卻變成了廢物而排出體外。而這兩部分東西加起來，正好等於他吃下去的食物。即使被吸收的那部分東西也並沒有消滅，或者長成肌肉，或者長成骨骼。當他死了以後，這些東西又都變成了廢物，重新歸入泥土。廣而言之，社會又何嘗不是如此。例如，人們把泥土燒成磚瓦，用磚瓦去造房子；人們用礦石煉出金屬，用金屬去造飛機；人們用煤去發電，用電把高樓大廈照得透明瓦亮；人們用石油提煉汽油，然後用汽油去驅動汽車、火車、軍艦、飛機，在世界各地到處遊弋。但是，你可曾想到，這些東西都是從哪裏來的？實際上都是來自地球，而最終還得歸入地球，但其形式卻被徹底地改變了。例如，泥土變成了磚瓦，礦石變成了金屬，磚瓦變成了大樓，金屬變成了飛機等等。而且，不僅在焙燒磚瓦和冶煉金屬的過程中產生了大量的廢物、廢渣、廢水、廢氣，而且，總有一天，大樓會突然垮了下來，於是變成了一堆磚瓦。飛機會突然掉了下來，於是變成了一堆爛鐵。當然，人們可以建造起更高的大樓，製造出更現代化的飛機。但是，那些碎磚爛瓦、破銅爛鐵怎麼辦呢？我在北極一個只有三千多人的愛斯基摩人小鎮的旁邊，就看到用破爛汽車堆成的一個小山，而在南極的美國基地，到處可看到成堆的垃圾。這還是在南北兩極人煙稀少的地方，至於人口稠密的大城市，那情形就更是可想而知了。

本來，地球是一個完整而統一的系統，幾十億年來就是這樣嚴格地按照自然規律和諧而完美地演化過來的。但是，自從有了人類之後，麻煩就開始了。因為人類是有主觀能動性的動物，不再滿足於隨著大自然而按部就班地演化，而總想越快越好，恨不得一步登天。是的，人類確實是有巧奪天工的聰明才智和改天換地的巨大本領的，而且也已經創造出了不少的人間奇蹟。然而，所有這一切是以犧牲大自然的協調和完美為代價的。例如，海裏的魚類也許能夠經得起帆船的捕撈，但要對付天上有直升飛機偵察，水裏有雷達跟蹤的立體戰爭就很難了，因而越來越少；天上的鳥類也許可以經得起弓箭的射殺，即使能一箭雙鵰也只不過是兩個而已，但要逃脫機槍的掃射就很難，因而紛紛絕種；食草動物和食肉動物本來是配合默契，互相制約，但人們把食草動物殺掉吃了，而把食肉動物捉來觀賞，它們雖然各得其所，但自然界的平衡卻被打破了。還有，地下的石油本來好好的，人們把它挖出來燒了，汽車、飛機坐上去當然既快捷又舒服，但卻給大氣帶來了嚴重的污染；大片的森林本來長得好好的，人們把它砍倒做成家具，用起來當然很方便，但卻導致了沙漠擴大，水土流失，氣候異常，災害劇增；天上的臭氧層本來好好的，由於大氣的污染，現在已經出現了空洞。原來，地球母親以其仁愛之心，為生命的誕生準備了一切必要的條件，不僅有充足的水份、空氣和陽光，而且還在空中建造了一個保護罩，這就是我們所說的臭氧層，它可以把陽光中具有殺傷能力的紫外線擋住，以保護地球上的生命。如果沒有這個臭氧層，地球上就不可能有任何生命。

但是現在，人們用起了冰箱自然是非常方便，住上了設有空調的房子自然是非常舒服，但放出的廢氣卻破壞了高空中的臭氧分子。長此以往，地球上的臭氧層會毀壞殆盡，到那時，不僅其他生物難以生存，就連人類本身也將遭到滅種之災。所以，人們為此感到緊張是不無道理的，這絕非杞人憂天，而是一種確確實實存在著的危機，如此等等。總而言之，人類的物質文明不僅是通過直接或間接的手段從大自然那裏索取而來的，而且還總是以犧牲大自然的協調和完美為代價的。也許，人類還沒有意識到或者還不願意承認這一點，但卻是千真萬確的事實。

是的，人類確實有許多美德，或者叫做共性，不然的話，世界也就不會像今天這樣熱鬧非凡。但是，無可諱言，人類也確實有一些缺點，或者叫做通病，不然的話，社會也就不會總是動盪不安。例如，當人們在考慮自己與他人的利益時，往往首先想到的是自己；在考慮近處與遠處的利益時，往往首先想到的是近處；在考慮國家與世界的利益時，首先想到的是自己的國家；而在考慮眼前和長遠的利益時，首先所想到的往往都是眼前的利益。不僅如此，人類還有一種共同的天性，就是欲壑難平。如果說古代的人們所追求的只是溫飽，那麼現代的人們所追求的卻是享受，真是膾不厭細，食不厭精，住不厭寬綽，穿不厭華麗。再加上，人口正在急劇的增加，欲望都在飛速的膨脹，因此，地球的負擔愈來愈重，於是人類和大自然之間的矛盾愈來愈大，開始產生了某種危機。

環境

隨著科學技術的飛速發展，人們的觀念也在發生著深刻的變化。例如，現代化的交通工具使時空距離大大縮短，不僅地球表面的任何一點不再是遠不可及，只要坐上飛機，幾十小時就可以環球一周，而且人類已經進入太空，把旗子插上了月球。現在，不光是宇宙員可以從太空中觀察到地球的全貌，就連普通的老百姓也可以從電視上看到我們賴以生存的星球從自己的面前徐徐而過。人們不禁會驚奇地叫道：「啊！地球原來是如此之小啊！」

是的，地球確實是很小的，而且不可能再增大了。但是，人類卻在無限地增長著，且速度愈來愈快。於是便產生了一個嚴重的矛盾，一個面積極其有限的地球，怎麼會容納下一個在數量上無限增長著的人類呢？

長期以來，有些人總是在千方百計地想找出一點諾亞方舟的遺跡，以證明聖經上所說的故事是真的，但卻沒有成功。雖然曾有人在土耳其一個山頂上找到了兩塊木頭碎片，引起過輿論的譁然，但很快也就平息了，因為光憑兩塊腐朽的木頭碎片能說明什麼問題呢？然而，現在人們開始領悟到，聖經上所說的故事也許是有道理的，但那諾亞方舟卻不是一條木船，而是我們所居住的地球。於是產生了一種環境意識，有識之士們開始大聲疾呼：人類已經到了應該醒悟的時候了，我們必須保護好自己賴以生存的星球！否則的話，我們將會和這個星球一起沉沒。真是：

南極空洞已堪憂，
北極煙塵使人愁。
環球處處皆瘡痍，
機器隆隆仍不休。
酸雨淒淒森林枯，
黃沙滾滾吞綠洲。
冰山消融陸將浸，
諾亞何處尋方舟？

最近幾年，科學家們提出了一個新的課題，那就是全球變化的問題。因為人們認識到，地球只有一個，而且是個整體，是不以國界為界限的。例如，當寒流襲來時，你也許會想到西伯利亞，但是實際上，卻是來自北極。當長江中下游梅雨連綿和東北地區春天低溫時，你也許會想到赤道的高壓，但科學家們研究發現，這竟與南極大陸的積雪量有著密切的關係。因此，人們終於認識到，要想擺脫人類的困境，就必須保護好地球的環境。而要保護好地球，則就必須瞭解大自然的變化規律。而要想瞭解大自然的變化規律，則就必須把人們的思想從一家一戶、一國一族中解放出來，站到全球和全人類的高度上去思考問題，這是人類認識史上的一次重要的昇華和飛躍。而在全球變化的研究中，南北兩極的作用是非常重要的，因為這兩個地區不僅面積很大，約佔地球表面的五分之一，未知程度高，是人類最少到達的地區。而且，也許更重要的是，南北兩極對於全球變化起著非常重要的控制作用。這就是為什麼，在最近幾年，人類大大加快了向兩極進軍的步伐，而在這支浩浩蕩蕩的隊伍當中，當然也包括我們中華民族。值得自豪的是，我能作為少數幾個馬前卒之一，沾上了先期到達南北兩極之榮耀，真是三生有幸，高興之至。

站在兩極思考全球，自然是別有一番情趣，想像就像是展翅的飛鳥在蔚藍的天空中翱翔，思維就像是脫韁的野馬在無邊的原野上奔馳。然而，在這漫無邊際的想入非非當中，難免就會產生出一些怪誕的念頭和荒謬的想法來。若存在心裏，當然與別人無關。但若寫成文字，就得小心流毒。在這裏，我只想聲明一點的是，我並不是說，世界的末日已迫在眉睫，也不是主張，人類應該回歸到大自然裏去，而只是覺得，現在是該深入反思一下人類和大自然的關係的時候了，這有助於人類的未來和前途。但是，要調整好這一關係決非一國一民、一朝一夕可以完成的，而是必須依靠全人類的理性和良知。

未來

站在北冰洋邊，往遠處眺望，面前是漂泊不定的大海，背後是堅實不變的陸地，似乎正是站在過去和將來之間，面對著的，是捉摸不定的未來，而背負著的，卻是已經成為事實的歷史。

人類的好奇心不僅表現在對客觀世界的觀察和探索，而且也表現在對未來前途的思考和追求。於是，有一門嶄新的科學應運而生，這就是未來學。現在，未來學已經在人們懷疑的目光下成長了起來，成了一門名副其實的科學。但是，如果追根溯源地想一下，它實際上卻是以巫師和算命先生為先導的。這也並不是說，未來學的歷史很不光彩，因為所有的科學幾乎都是從原始和愚昧中演化而來的，這正如人類一樣，現在雖然都是風度翩翩、穿著漂亮的衣服，但若追溯到遠古的祖先，卻都是光著身子的。

未來學不僅為人類描繪了某種光輝的前途，而且也為人們帶來了無窮的憂慮，例如人口膨脹、資源短缺和環境污染就是人類面臨的三大難題。這到底是功是過，一時還很難說得清楚。正如先進的診斷技術一樣，如果找出的疾病能夠治療，挽救生命於危難之中，固然是一件功德無量的事。但是，如果診斷出的疾病是不治之症，則只能給病人增加更多的痛苦，甚至死得更快，還不如什麼也不知道，活一天算一天，反倒更痛快一些。

然而，可治之症和不治之症往往是可以互相轉化的。本來是可治之症，如果聽之任之，不採取任何措施，貽誤了時機，也能釀成大禍，而成為不治之症。相反，本來是不治之症，如果積極研究，隨著科學技術的飛速發展，也許就能找出根治的辦法，而成為可治之症，例如，肺結核就是很好的例證。

實際上，人類現在就正面臨著這樣的抉擇。從理論上來說，人口膨脹是可以控制的，資源短缺是可能替代的，環境污染是能夠改善的，但關鍵就在於，人類是否能採取有效的措施。因此，從這種意義上來說，人類的未來就掌握在人類自己的手裏。

正當我站在北冰洋的岸邊沉思默想的時候，突然，一陣激烈的槍響打斷了我的思路，這著實把我嚇了一跳，恍惚之間，還以為在什麼地方又出了事。但等醒悟過來，定睛觀瞧時又不禁啞然失笑，原來是愛斯基摩人正在用自動步槍掃射空中飛過的大雁。只見有些遇難者正從天上紛紛摔落下來，有的已經死了，有的還在地上掙扎、喘息。射手們興高采烈地把它們揀起來，扔進各自的汽車裏，一溜煙地揚長而去。再看那些倖存者呢，卻在天空中鳴叫著，像是什麼事情也沒有發生似的，轉了一圈之後，便消失得無影無蹤了。

北極動物隨想錄

人類文明源於自然而高於自然，這是毫無疑問的。然而文明的發展雖然使社會生活日趨進步，但與此同時，人類卻也有點像是作繭自縛，正以親手創造的文明，將自己與大自然漸漸地隔離開來，到底是禍是福，一時還難以論定的。例如，鄉村雖然簡樸，但人與大自然息息相關，各種關係也就特別簡單。城市雖然繁華，但人為的東西卻很多，高樓大廈佔滿了空間，車水馬龍充塞著視野，就連空氣也經過了改造，污染不可避免。人和大自然唯一的聯繫可能只有那高高的天空，然而，且不說大家都為生計所累，無暇去欣賞那天上美景，就是偶爾抬起頭來，所看到的也往往是煙塵滾滾、朦朦朧朧，弄不好還會有灰塵掉進眼睛裏。花草雖有，但都是人工栽培；樹木成行，但卻都得以人的意志為轉移，不僅生長的位置由人指定，就連其姿勢和形狀往往也得受人擺佈，稍有不順，就會受到扭曲軀幹、剪裁枝葉之暴力。至於動物就更不用說了，貓狗之類早已被馴養得百依百順，討好獻媚以謀生計，若到動物園裏去看看，就更慘了，雖然物種齊全，可以大飽眼福，但卻都被關在籠子裏，呆頭呆腦，完全失去了自然的靈氣。也許只有狗熊知足者常樂，最容易滿足，它們學會了打躬作揖，揮手致意，博得人們的歡心，討得一點點恩賜，以便糊口，細想起來也是怪可憐的。總而言之，人們都不同程度地生活在某種人造的世界裏，並為這種世界所陶醉，冀盼著能創造出更多的人為的奇蹟來。

在我活過來的這五十多年裏，前一半生活在農村，後一半生活在城市，真是三十年河東，三十年河西，如果仔細回想起來，期間的變化還是很大的。記得剛進北京，覺得一切都很新鮮，但卻並不親切。人們說話雖然客氣，但卻意在言表而非實意，遠沒有家鄉的那般熱情；街道雖然寬廣，但卻人流如潮，遠沒有家鄉的那般寧靜；交通固然方便，但卻擁擠緊張，遠沒有鄉村小路那般安逸；商店固然熱鬧，但卻人聲嘈雜，遠沒有家鄉市集那般悠閒氣息。因此，剛到城市的那陣子，雖然覺得眼界大開，但也感到有諸多不便。後來，隨著時間的推移，也便漸漸習以為常，不僅要為事業而奮鬥，也得為生計而奔波，周旋於人層之間，混跡於社會之上，幾乎忘卻了時令的變遷，至於大自然到底為何物，就更是很少去想了，也許，這可以稱之為「城市效應」吧。

來到北極，感觸頗多，但最重要的一點是，終於衝出了城市的壁壘，重新置身於大自然的懷抱，雖然不像在南極那樣，大有遠離人間之感，因為這裏畢竟還有愛斯基摩人，但也覺得，似乎掙脫了一切社會的羈絆，真正成了大自然的一員。

所謂大自然，就地球而言，無非是由兩部分組成的，即沒有生命的東西和有生命的東西，前者如大地、海洋、山川、宇宙之類，後者如動物、植物、細菌、蘑菇，當然也包括人類，因為人類也是大自然的一分子。

在草原上漫步，常會看到許多野花和小草，雖然氣溫常常降到零度以下，但它們卻照樣蓬蓬勃勃，生機盎然，真不知道在冰凍的狀態之中，它們是怎樣度過來的。在巨大的預警系統雷達天線架的下面，生長著一叢闊葉的小草，頂著一朵朵鮮豔的黃花，全然不顧那鐵塔的存在，使人聯想到戰爭與和平的較量與對抗。但是，相比之下，我對北極動物更加感到興趣，因為，除了南極之外，北極地區則是地球上人為干擾和影響最小的地區，因而可以說，這裏的動物才是現在的地球上真正處於自然狀態下的動物。那麼，它們有哪些特別之處呢？

食草動物系列

各類動物之間，乍看上去似乎是各幹各的，互不相干，但是實際上，它們不僅在食物分配上密切配合，而且在活動空間上也各有分工，構成了某種協調的「社會」。不僅如此，在大小和數量上也有著明顯的規律性，例如，無論是食草動物還是食肉動物，都有從小到大的明顯系列，而且總是小的數量多而大的數量少，食草動物數量多而食肉動物數量少，甚至它們之間的比例也可以找出一定的規律性，這就叫做「生物鏈」。為了證明這一點，我們不妨先從食草動物說起。

旅　鼠

如果撇開那神秘的面紗和傳奇的色彩，旅鼠實際上也只不過是一種極普通甚至很可愛的小動物。它們是維持北極生態平衡非常重要的一環。春天的第一窩幼崽為北極最小的食肉動物——如鼬鼠和黃鼠狼之類，提供了必不可少的食物，以使它們能獲得足夠的能量進行繁殖。接著，當大批鳥類湧來的時候，它們的幼仔又成了那些食肉鳥類寶貴的口糧。因此，旅鼠數量週期性地急遽膨脹和減少，往往能對北極地區的生態平衡帶來嚴重影響。

和大動物不同的是，由於它們身體太小，所以既不可能長出厚厚的皮下脂肪，也不可能全身披上長長的絨毛來保暖，因為這很容易使它們過於臃腫，動彈不得。因此，它們必須要有自己的絕招，才能經得起嚴寒的考驗。和其他鼠類一樣，它們最拿手的看家本領就是打洞穴居。冬天一到，旅鼠前腳的中間兩個爪子就長得又大又長又寬，且為很硬的角質，就像兩把小鏟子，開始在雪下忙忙碌碌，打出一些錯綜複雜、四通八達的通道，迷宮似的，使它們既易於逃命，又便於覓食。對於生活在上面的動物甚至人類而言，厚厚的積雪確實是很可怕的，它不僅覆蓋了地面，行動起來非常不便，而且還會吸收熱量，使氣溫更低。但是，對那些善於開展地道戰的旅鼠來說，積雪卻成了它們極好的保護層，就像蓋上厚厚的毯子一樣。當地上的溫度變化無常，有時低達零下四五十度時，地下的氣溫卻總是保持在零度左右，變化很小，像是裝上了空調似的。

旅鼠比一般的老鼠要短一些，最大可長到十五釐米左右，夏季食草，冬天則在雪下或土中尋找草莖和草根度日。它們的天敵很多；小到鼬鼠，大到狐狸、狼和一些鳥類，甚至北極熊也把它們捉來當點心吃。也許是因為爭食的緣故吧，連相當溫順的北極馴鹿在春季也會欺負旅鼠，它們有時會在地上追趕倒霉的旅鼠，並用前蹄將它們踩死。

在旅鼠數量大增的年頭，地面幾乎被它們所覆蓋。所到之處，植被一掃而光，就像是天兵天將，忽然從天上掉下來的。一旦遷移起來則成群結隊，浩浩蕩蕩，使人看了毛骨悚然。在它們的後面，總是跟著貪婪的狼群和狐狸，天上則有大批的烏鴉和貓頭鷹，都想趁機飽餐一頓，發起了一場立體戰爭。

據研究旅鼠生命週期的科學家發現，在其數量急遽增加的時期，其體內的化學過程和內分泌同時也發生變化，科學家們認為，這些變化可能正是生物體內控制其種群數量的開關，當其數量達到一定程度而大自然難以忍受時，就會促使該種群大量的集體死亡。但旅鼠到底是集體自殺，還是在遷移的過程中誤入歧途，至今仍然看法不一，成了生物界中一大難解之謎。

兔子

我們中國人對於兔子似乎並無特別的貶褒。但美國人則不同，他們把兔子看成是好色之徒，以至於頗有勢力的《花花公子》雜誌和那些總是喜歡拈花惹草的花花公子們都以兔子為標誌。其實，這實在是強加於人，或者說強加於兔。因為，在所有生物當中，只有人類才把性交當成是一種精神享受，繁殖後代反而退居其次。但對動物來說，雌雄交配純粹是為了繁殖，除此之外並無他意。兔子雖然繁殖能力較強，家兔每月可產一窩，溫帶的野兔每年也能產仔多次，但這畢竟是為了傳宗接代，因為從天上的老鷹到地上的狐狸，從狼群到獵狗，甚至也包括人類在內，都把兔子看成是美味佳餚，天敵實在是太多了，而它們卻只有逃跑的本領，並無反抗的能力，若不加緊繁殖，就會供不應求，難免遭到滅種之災。由此可見，兔子的交配頻繁與人類中的好色之徒是有根本區別的。如果僅以繁殖能力而論，北極旅鼠要比兔子強得多。所以，若是《花花公子》雜誌和那些真正的花花公子們一定要選一種動物作代表的話，我倒建議他們不妨以旅鼠為標誌也許會更符合實際。

在美國內地旅行，常可看到成群的野兔在田間奔跑。但在北極草原上，即使開著汽車飛奔，看到野兔的次數也是非常有限的，甚至還沒有看到狐狸的次數多。這是因為，北極野兔的繁殖能力並不很強，由於氣候和食物所限，它們每年只能產一窩，每窩也只有二至五隻，但其存活率比較高，所以其數量比較穩定，不像旅鼠那樣變化巨大，當然也就沒有必要去自殺。

實際上，北極野兔（Arctic Hare，學名為 Lepus timidus）並不僅僅分散在北極，而在美洲北部和北歐甚至還要更多一些，只不過有的地方叫山兔或藍兔，有的地方，如北美洲，則叫雪鞋兔，這是因為這種兔子不僅爪子很大，而且下面還長毛，這樣有助於減小壓強（壓強即單位面積上的壓力），即使在積雪上奔跑也不大容易陷下去。這種兔子有一個重要的特點，或者說生存絕招，就是能隨著季節的不同而改變自己的顏色，春夏秋為棕褐色，一到冬季則變為純白。這樣不僅便於偽裝，而且更重要的是，白色不僅形成了一種光學反射作用，使天敵難以發現，而且其蓬鬆的絨毛還能在其身體周圍捕捉到一些空氣，從而形成了絕緣層，就像中空的牆壁一樣，有效地防止了熱量的散發，這對在北極度過嚴冬是非常重要的。

馴鹿

在世界其他地方的食草動物系列中，比兔子再大一點的種群應該是羊科動物。但在北極，由於氣候嚴酷和植物稀少，只有適應性最強的動物才能生存，羊科動物便從這裏消失了，兔子之上則是馴鹿。但其中文名字卻有點不符合實際，因為馴鹿並不是人工馴養出來的。英文中把分佈於北美的野生馴鹿稱為caribou，而把分佈在北歐主要是經過拉普人管理和飼養的馴鹿則叫reindeer。

馴鹿的個頭比兔子當然要大得多，雌鹿的體重可達一百五十多公斤，雄性稍小，為九十公斤左右。但無論是雄性還是雌性，都生有一對樹枝狀的犄角，展幅可達一・八米，且每年更換一次，舊的剛剛脫落，新的就開始生長出來。

從進化的角度來看，地球上所有的鹿類可能都是來自於同一個祖先，而現存的北美馴鹿也許更接近於其原始祖先的自然狀態。就歷史而言，鹿類與人類的關係是非常密切的，大約在二百多萬年以前，地質上稱之為更新世的後期，分佈在歐亞大陸上的馴鹿曾是人類主要的食物之一。那時的人類主要依靠捕食馴鹿而吸取營養，維持了大約有幾千年。由此可見，鹿類真可以說是勞苦功高，為人類的生存和發展做出了很大的貢獻。所以，我們的祖先總是把鹿視為聖潔，賦予了許多美麗的神話和傳說。西方也是如此，他們讓馴鹿給聖誕老人拉車，給孩子們送禮物。

馴鹿最驚人的舉動，就是每年一次長達數百公里的大遷移，也是逢山過山，逢水涉水，浩浩蕩蕩，永無休止。但與旅鼠不同的是，馴鹿的遷移不是集體去自殺，而是充滿著理性的長足旅行。春天一到，它們便離開自己越冬的亞北極地區的森林和草原，沿著幾百年不變的路線往北進發，總是由雌鹿帶頭，雄鹿跟隨其後，秩序井然，長驅直入，邊走邊吃，日夜兼程，沿途脫掉厚厚的冬裝，而生出新的薄薄的夏衣。脫下的絨毛掉在地上，正好成了路線的標誌。就是這樣年復一年，不知道已經走了多少個世紀。而且，它們行進的速度也總是一定的，是那樣的堅韌不拔，似乎總是信心百倍，胸有成竹，只有遇到狼群的驚擾或獵人的追趕時，才會來一陣猛跑，發出動地的巨響，揚起滿天的塵土，打破了草原的寧靜，展開了一場生死的角逐。

幼小的馴鹿生長速率之快，是任何動物也無法比擬的，更使人類望塵莫及。母鹿在冬季受孕，而在春季的遷移途中產仔。幼仔產下兩三天即可跟著母鹿一起趕路，一個星期之後，它們就能像父母一樣跑得飛快，時速可達每小時四十八公里。僅就這一點就足以使我們人類自慚弗如，因為我們的孩子生下來以後，總要一年左右才能蹣跚學步，要跑得和父母一樣快，則是七八年以後的事了。生存的能力都是逼出來的，馴鹿不論走到哪裏，都無法擺脫狼群和獵人的追趕，若不能飛快地逃跑，只有死路一條。因此我想，原始人的自然生存能力肯定比現代人要強得多。由於物質條件愈來愈優裕，人類的許多生存技能都已經退化了。

有一天，我在海邊揀到一塊帶有長長白毛的皮子，如獲至寶，以為是熊皮，可以留作紀念的，但一個愛斯基摩人看了，卻搖搖頭說：「不！這是馴鹿皮。」我問他何以見得，他說因為那毛很硬，且是中空的，這一方面可以保暖，另一方面在水中游泳時也可以增加浮力。北極熊的毛很軟，雖然也是中空，但卻總是絨乎乎的。

對愛斯基摩人來說，馴鹿是他們重要的物質來源。肉是上好的食品，味道有點跟牛肉差不多；皮可以縫製衣服，製作帳篷和皮筏子；骨頭則可以做成刀子、掛鉤、標槍尖和雪橇架等，還可以雕刻成工藝品。總之，和新石器時代一樣，現代的北美馴鹿仍然在為愛斯基摩人的生存和發展繼續默默無聞地做著奉獻。

麝香牛

麝香牛確實有一種麝香的味道，特別在發情期間更是如此，但卻並不是所有的人都喜歡那種味道，也許把它們稱之為麝牛更為合適。而之所以稱之為牛，並不僅僅是因為它們的外表像牛，或者嚴格來說更像我們西藏的犛牛，而且還因為它們確實有一股牛勁，不僅堅韌不拔，即使天寒地凍，氣溫降到零下五六十度也決不離開北極，因而成了常駐北極唯一的大型食草動物，而且即使在強敵面前也決不退縮，寧願一拼到底，真有一股牛脾氣。

麝香牛高約一米半，長約兩米到兩米半左右，體重可達四百公斤。雄牛比雌牛要大一些，雌牛大約只有雄牛的四分之三。它們的重量主要集中在長有肉峰的前半身，看上去格外矯健有力，特別是在拼搏和爭鬥時，更顯勇猛頑強，銳不可擋。但是實際上，麝香牛卻是一種非常溫靜的動物，每天都要花大部分時間平躺在地上打瞌睡，以保存自己的體力。只有當強敵（主要是狼群）來臨時，它們才百倍警覺起來，即使如此，也總是採取「人不犯我，我不犯人」的政策，只是嚴陣以待，從不主動出擊。

除了採取行之有效的集體防禦戰略之外，麝香牛的社會生活看上去也十分有趣。它們習於群居，但卻並不像馴鹿那樣組成龐大的隊伍，通常一群只有幾頭或十幾頭，最多也不過幾十頭，雌牛和幼牛被夾在中間，四周由雄牛警戒和照顧。雖然在前面領路的總是一頭雄牛，但據動物學家們經過仔細觀察後發現，牛群在跋涉苔原及牧地時的實際領袖卻是一頭老牛，而且通常都是一頭懷了胎的雌牛。這也就是說，它們仍然是一種母系氏族。除此之外，還有一個奇怪的現象是：許多雄牛又分別組成自己獨特的小組，且每組都有自己的領袖。但是，也有個別的雄牛不受歡迎，沒有一個小組肯接受它，所以只好自己孤零零地在草原上亂逛。這與愛斯基摩人懲罰那些不受歡迎的人的辦法相似。在以前，愛斯基摩社會裏沒有任何的法規或法律，那麼怎樣約束人們的行為呢？唯一的辦法是，如果哪一個人自私自利，大家就都不理他，在那種嚴酷的自然環境裏，這就跟判處了一個人的死刑差不多。

入秋進入發情期。經過夏天的飽餐之後，雄牛已經積累起了足夠的能量，準備為爭得更多的妻妾而拼搏。這時雄牛臉上的麝腺就會流出大量氣味強烈的分泌物，並通過腿部而沾到地上的植物上，以此來劃出自己的領地，且把雌牛和幼牛圈在其中，嚴加看管和保護，若有別的雄牛想來插足，就會有一場驚心動魄的較量。雙方怒目相視，互相逼近，待相距幾步時，則把腦袋低下去，然後奮力衝向對手，發出震天的巨響，在原野上迴盪。直到有一方認輸，而被勝利者驅逐為止。但偶爾也有一些狡猾的第三者可以不戰而勝，它們只在某一領地的周圍遊蕩而不靠近，而是以自己堂堂的儀表去吸引異性。而那些不大安分的見異思遷、喜新厭舊者，就會趁其保護神不注意時，慢慢向外磨蹭，待離開一定距離後則會突然飛跑起來，與勾引者私奔而去。等其前夫發現，已經為時已晚，只好自認倒霉，由她而去。因為，如果奮力去追趕，置其他妻妾於不顧，也許她們也會如法炮製，一哄而散，棄他而去。所以，一般來說，他是不大敢去冒這樣的風險的。

麝香牛實際上是一種屬於羊科或羚羊科的動物，長著一對堅硬而永不脫落的犄角，先向外，後往下，再向前，粗大的底部置根於頭頂之上，尖利的角尖向上翹起，直指前方，像一把鋼叉，使人見了望而生畏。全身披掛著長長的毛髮，就像一個巨大的絨球。當一個群體聚在一起時，遠遠望去像一個個隆起的土丘。它們平時行動緩慢，似乎很是笨拙，但若受到驚擾，就狂奔起來，地動山搖，快如閃電。長而多絨的毛髮是它們抵禦嚴寒所必需的，但也有一種潛在的危險，因為即使在隆冬季節，溫暖的氣流有時也能帶來一場大雨，寒風一吹，它們身上的水球就會漸漸凍成一層厚厚的冰甲，使那些可憐的傢伙一個個都變成了大冰砣子，動彈不得。雖然在長期演化的過程中，它們已經學會了如何抗拒敵人和保護自己，但到目前為止，在它們的基因中卻還未能演化出一種信息，來避免這種災難性事件的發生。

從出土的化石來看，和北極馴鹿一樣，麝香牛也曾經是一種在北半球分佈很廣的動物。在二百多萬年以前，巨大的更新世冰川曾經往南推進到中緯度地區，喜歡沿冰川邊緣覓食的麝香牛則被驅趕到南方的廣大地區，例如美國中部的肯塔基州就曾發現大量的麝牛化石。在法國，考古學家們不僅在石器時代的洞穴裏發現有它們的遺骨，而且還在岩洞的壁畫和雕刻中發現有麝牛的寫生。由此可見，與馴鹿一樣，麝香牛也曾為人類文化做出過巨大奉獻的。但到石器時代結束時，由於原始人類的大量捕殺，麝香牛就已經在歐亞大陸上消失了。幸好那時的北美大陸還沒有人類存在，麝香牛才得以繁衍至今。不然的話，我們今天恐怕就只能看到它們的化石了。現在，只有北美北部和格陵蘭群島上還有真正野生的麝香牛存在，這還是人類有意保護的結果，但數量已經有限。愛斯基摩人對麝香牛似乎並不特別感興趣，也許因為它們個大強悍，赤手空拳不大好對付的緣故。

食肉動物系列

人類總是喜歡以帶有感情色彩的眼光去觀察動物世界，並根據自己的好惡加以褒獎和鞭笞，這無異於是把自己的觀點強加在動物身上，然後加以批判。細想起來，也是怪可笑的。例如，對於食肉動物，人們總是深惡痛絕，覺得它們凶狠殘暴，如貪婪的豺狼、狡猾的狐狸之類。而對那些食草動物呢，則又總是給以滿腔的同情，如善良的老牛、可憐的羔羊等等。但是，人們並不總是這樣的愛憎分明、堅持原則，對於那些特別強大者，例如獅子、老虎之類，又會感到敬畏，奉若神靈，成了權利和王位的化身或象徵，實在是有點實用主義，怕強凌弱。然而，實際上這都是人類的一廂情願，動物們可能並不如此想，它們也許會認為，物競天擇，弱肉強食，這都是天經地義的事，因為，如果沒有食肉動物的消耗，食草動物就會氾濫成災，就像北極旅鼠那樣，到頭來它們自己也難以生存，只好集體去自殺。反過來，如果沒有食草動物的繁衍，食肉動物就要斷了口糧，照樣也會生存不下去。由此可見，它們實際上是相反相成，缺一不可的，這就叫做「生態平衡」。這一點在北極的生態系統中表現得非常突出。為了說明這一點，我們不妨來看看北極的食肉動物是如何生存的。

鼬　鼠

有一種形體很小的黃鼠狼(Least Weasd)廣泛分佈於亞北極的叢林中，有時它們也穿越叢林的邊緣而進入北極地區。但是，常年生活在北極草原上的最小的食肉動物卻是鼬鼠(Stoat)，或稱之為貂(Ermine)，它們才是真正的北極居民。在北極的生態系統中或者說在食草動物和食肉動物的系列中，旅鼠和鼬鼠是相互對應的，鼬鼠生下來似乎就是專門對付旅鼠的。它們的個體很小，連尾巴在內長度也只有三四十釐米。雄性較大，體重也不過只有四百克左右。腿很短，身子柔軟，只要腦袋能鑽過去，身子就可以通行無阻。所以，它們幾乎可以和旅鼠一樣，來往於迷宮一般的通道之中，在地下、雪裏和草叢之間，與旅鼠展開了一場深入而持久的地道戰和遊擊戰。每到春天，在大批候鳥來到北極之前，旅鼠所下的第一窩幼仔對鼬鼠來說特別重要。因為如果母貂有足夠的口糧，則為它們繁殖後代奠定了有力的基礎。

動物之中，兩性的分工也是千奇百怪，差別很大。有的非常平等，如企鵝，是由兩性共同負擔起繁殖後代的重任的。有的則極不平等，如鼬鼠，就是一個典型的例子，雖然在求愛時嗷嗷直叫，似乎是情深意切，但一旦交配之後，雄貂則溜之大吉，不再承擔任何義務。不僅如此，母貂在產下幼仔之後，還必須東躲西藏，把幼貂保護起來，並且要不斷地更換地點，以防被雄貂發現。因為雄貂一旦找到，就會毫不猶豫地當作一頓美餐，特別是在食物短缺的情況下，就更是如此。因此，若用人類的道德標準來衡量，貂類，特別是雄貂，確實是一種極端殘忍的動物，以致於殘忍到了六親不認的程度。即使在動物界，這種行為也並不多見，因為只有保護好後代，才能保證本種族的繁衍，如果把自己的幼仔都當作一頓美餐吃到肚裏去，豈不就要斷子絕孫，自取滅亡了嗎？

狼　獾

狼獾主要生活在北極邊緣及亞北極地區的叢林當中，雖然與鼬鼠屬於同一個家族，但個體卻要大得多，身長可達一米，重達二十五公斤，是鼬類家族中最大的動物之一，樣子有點像狗熊，特別是像一頭小的棕熊，因為它的顏色也是棕色的。

狼獾也是一種喜歡獨來獨往的動物，只有到發情期才肯聚在一起。它們的活動範圍很大，母獾的領地可達五十到三百平方公里，而公獾則達一千平方公里以上，往往覆蓋了好幾個母獾的領地。母獾對自己的領地防守得很嚴，特別是在餵養幼仔和發情期間，對於任何母獾的入侵都會堅決地給以回擊，而對於前來求婚的公獾則另當別論，因為這正是她求之不得的。

狼獾雖然食性很雜，從鳥蛋、小鳥，到旅鼠甚至秋天的漿果都吃，但其主要的食物卻是馴鹿，特別是在冬天，當馴鹿群從北極草原回到邊緣叢林的時候，它們就會大開殺戒，跟在獵物後面窮追不捨。因為它們腿短、腳大，所以在厚厚的積雪上奔跑起來，要比腿長而蹄小的馴鹿容易得多。據計算，它踩在積雪上的壓強只有馴鹿的十分之一。有時它們也靠腐屍充餓，遇到偶然而死的馴鹿，或者狗熊和狼群的剩湯殘羹，同樣也可以飽餐一頓。狼獾也是一種相當聰明的動物，懂得儲糧備荒這一道理，一旦捕到了一頭馴鹿，便會很快將其肢解，一部分當場吃掉，其餘的則分幾個地方埋藏起來，以備在漫長的冬天找不到食物時，再扒出來享用。因此往往在雪地上搞得血跡斑斑，結果將自己也搞得聲名狼藉，得一別名「Glutton」，即貪吃的傢伙。

對愛斯基摩人來說，狼獾的皮毛特別重要，像寶貝似的，因為這種皮毛有一個奇妙的特點，即使在氣溫非常低的情況下，遇到從嘴裏哈出來的蒸汽也不會結冰，因此，愛斯基摩人總是把狼獾的皮縫在帽子邊沿上，用以保護自己的臉部。有一次，我到一個愛斯基摩朋友家裏去作客，他給我展示的第一件寶物，就是一件縫有這種皮毛的舊大衣，並且解釋說，當在野外捕獵時，如果呼出來的濕氣在臉部周圍結成冰柱，不僅非常麻煩，而且是很危險的，因為這樣就很容易把臉部凍傷，甚至會脫掉一層皮。說著，他把那件Paka（一種筒狀的短大衣）給我套在身上，並把帽子拉起來，確實非常暖和。狼獾的兩條前腿，連爪子在一起，正好成了兩根帶子，圍巾似的，一繫起來，把下巴包得嚴嚴的。我故意拼命地向上哈氣，但那皮毛卻總是乾燥柔軟，並無一點潮濕的痕跡。那位愛斯基摩朋友在一旁高興的說：「怎麼樣？確實是名不虛傳吧？對我們來說，這是最實用的寶物。」並給我拍了一張照片，以為留念。

後來，我又突然想到了另外一件事，即愛斯基摩的男人們大都鬍子稀少，或者根本就沒有鬍子，這也許正是生活環境所造成的進化上的效應吧，因為，鬍子雖然能表現出男人們的陽剛之氣，但在北極這種極特殊的環境裏，下巴上生有濃密的鬍子卻有可能成為一種嚴重的累贅，因而，久而久之，就退化了。當然，這不過也是我的主觀臆斷，毫無根據的猜測而已。有人對此卻提出了另外一種解釋，認為愛斯基摩人之所以沒有鬍子，正好有力地證明了他們確是蒙古人的後裔，因為蒙古人也是沒有鬍子的。我從未到過蒙古，所以對此無可置評。由於好奇，幾次想問問愛斯基摩人的意見，但話到了嘴邊又嚥了回去，因為他們對所謂的亞洲後裔說，本來就大不以為然，甚至有些反感，如果冒然提出這樣的問題，他們也許會感到惱火，或者覺得我是想跟他們攀親戚。

北極狐狸

第一次到野外考察就鬧了一個大笑話。一下汽車，放眼望去，在那茫茫的草原上，散佈著一些大大小小凸出的隆起，上面的植被也生長得格外茂盛，翠綠欲滴，有的還開著鮮豔的小花，與周圍青黃色的小草相比，顯得格外富有生機。陪同的愛斯基摩朋友問我那是什麼東西，我便不加思索地答道：「當然是墳墓。」他們聽了，哈哈大笑，前仰後合。我被弄得莫名其妙，不知道他們在搞些什麼鬼把戲，便決定過去看看。他們卻一把拉住我說：「你想過去也可以，但必須緊緊跟在我們後面，不可超前一步。」看了他們那神乎其神的樣子，我心裏更犯嘀咕，以為他們要看我的笑話，搞什麼惡作劇。但再看看他們的表情，卻都非常認真嚴肅，這才放心了許多。因為，愛斯基摩人在工作時，特別是在野外的情況下，由於環境惡劣，是決不會輕易開玩笑的。

我跟在他們後面，一聲不吭，躡手躡腳地來到一個土堆跟前一看，這才恍然大悟，原來那是一個狐狸的老窩，前後左右有好幾個洞口，大概由於好奇的緣故，從一個洞口裏還探出了一隻小狐狸的腦袋，但一看形勢不妙，立刻又縮了回去。據愛斯基摩朋友說，這些狐狸窩大多都有幾十年甚至幾百年的歷史，由於糞便和吃剩的食物之類，使這裏的土壤格外肥沃，所以植物也就生長得特別好。若問問老人，他們往往都能清楚地記得，在過去漫長的歲月裏，曾經在那一個土堆前面逮到過幾隻什麼樣的狐狸。而他們之所以不讓我貿然前行，正是因為狐狸窩的周圍常常設有夾子或者陷阱，若不小心踩上去，很容易受傷，弄不好還會把腳骨夾斷的。直到這時，我才覺得自己剛才的回答確實有點過於草率，因為愛斯基摩人的遺體並不亂埋，而是集中在一起，有一片固定的墳地。再說，那些隆起的土堆到處都是，望不到盡頭，而這裏的愛斯基摩人總共也不過三千多人，哪會有那麼多墳頭呢？

我們參觀了幾家狐狸的房舍，都是大同小異，當然只是外表，裏面的構造和擺設是無法知道的。偶爾，也有幾隻遠行的狐狸風塵僕僕地歸來，但一見有人，便都躲得遠遠的。也許，它們都攜帶著捕獲來的獵物，正準備回家餵養幼崽。幾乎可以肯定，每個土堆的下面都有一些幼小的生命，正在嗷嗷待哺，於是產生了惻隱之心，為了不妨礙它們的正常生活，我們便匆匆離去。

實際上，狐狸是北極草原上真正的主人，它們不僅世世代代，永久居住在這裏，而且，除了人類之外，幾乎沒有什麼天敵。因此，在外界的皮毛商人到達北極之前，狐狸們真是生活得自由自在，無憂無慮。它們雖然無力向馴鹿那樣的大型食草動物進攻，但捕捉小鳥，揀食鳥蛋，欺負兔子，或者在海邊上撈取軟體動物之類充饑，都能幹得得心應手，輕車熟路。到了秋天，它們也能換換口味，到草叢中尋找一點漿果吃，以補充一下身體所必需的維生素。但是，狐狸最主要的食物供應還是來自旅鼠，它們能像貓一樣地敏捷輕巧，機動靈活，往往能機靈地跳起來，準確地撲過去，將逃跑中的旅鼠按在地上，然後一口吞下。因此，在旅鼠稀少的冬天，它們的日子就會特別難過。但狐狸忍饑挨餓的能力很強，它們可以連續幾天甚至幾個星期不吃東西而不至於餓死。

狐狸也是母性當家，雄性狐狸則在外面到處遊蕩。早春季節，雄狐則不斷地到雌狐家裏去造訪，四五月份，幼狐就開始出生了。當然，這只有在食物豐富的年景，有時一窩甚至能生下十幾個幼仔。而在歉年，當旅鼠很少的時候，它們往往會連續一年或者兩年不生育。

若按毛色來分，北極狐狸有兩個品種。一種是變色狐，在夏天，這種狐狸背部為黃灰色，而臉部和腹部則為灰白色。而一到冬天，則全身變成潔白，這不僅便於在雪地上的偽裝，而且和北極野兔一樣，這種白色的皮毛也提供了很好的絕緣和保暖作用。另一種則是藍狐，這種狐狸一年到頭全身都呈藍灰色。按理說，無論是在冬天還是夏天，這種顏色對於偽裝似乎都很不利。但這種狐狸主要是在海邊活動，因此，藍色的海水也可抵消一部分不利因素。實際上，這兩種狐狸並沒有嚴格的種族上的界限，而是互相重疊和混居，母狐對雄狐的顏色並不挑剔和選擇，而往往是來者不拒。

狐狸之所以能在北極這種嚴酷的自然環境下生存下來，完全得益於它們那身濃密的毛皮，即使氣溫降到零下四五十度，它們仍然生活得很舒服。這是大自然精心設計的結果。然而，它們倒霉也正是倒在這身毛皮上，成了那些貪得無厭的毛皮商們的搖錢樹。在巴羅的一家愛斯基摩人的家庭小鋪裏，一張狐狸皮標價為一百到三百美元。與我們的動物觀不同的是，愛斯基摩人既不認為狐狸有多麼狡猾，也不覺得它們有多麼美麗，以致於美到可以變成狐狸精的程度，也許是因為司空見慣的緣故吧，他們認為狐狸不過就是狐狸而已。然而，在我看來，北極狐狸確實非常漂亮，它們奔跑起來，就像是一團流動著的雪，而那輕盈的步伐使人不禁想起了狐步舞。

狼

在我們的語彙當中，恐怕再也沒有任何一種動物，能像狼那樣臭名昭著，聲名狼藉的了，什麼豺狼當道、豺狼成性、狼狽為奸、狼子野心等等，不一而足，在人們的心目中，「狼」簡直就是殘暴和邪惡的代名詞。在西方，狼的命運也好不了多少，幾乎成了恐怖電影中最重要的角色和永恆不變的主題。由此可見，狼似乎成了眾矢之的。形成鮮明對照的是，人們對於不僅外觀上和狼幾乎完全一樣，而且與狼原本就是一家子的狗，卻愛護備至，大加讚揚，似乎成了人類最為忠實而可靠的朋友。在美國，如果有人提到吃狗肉，那簡直就像是吃人肉差不多。然而實際上，狗只不過是經過人工馴化了的狼而已。但它們的境遇卻是如此之不同，真是一個天上，一個地下。直到最近，經過對狼群的仔細觀察和研究之後，人們才開始感覺到，過去那種對於狼的恐懼和詬罵，似乎有點太過份了。因為，狼群雖然嚎叫起來使人毛骨悚然，但它們主動向人類進攻的情況是很少的。特別是，狼群的團結協作和嚴密的社會生活，更加引起了人類的關注和好奇。除此之外，狼的適應能力也使人們感嘆不已，在北半球的所有地區，包括沙漠的邊緣和北極，都留下了狼群的足跡。

在北極的食肉動物系列中，狼雖然比狐狸大不了多少，而且彼此是親戚，但它們捕食的目標卻大不相同。狼雖然對送到口邊的旅鼠和田鼠之類小動物也不肯放過，但它們所追逐的卻主要是馴鹿和麝香牛之類的大動物。這是由於它們的生活方式所決定的，因為狼群總是集體捕獵，分而享之，如果跑了半天才抓到一隻兔子，還不夠塞牙縫的，怎麼能滿足饑腸轆轆的群體的需要呢。當然，這也是天意，使小的食肉動物捕食小的食草動物，而大的食肉動物則捕食大的食草動物，各取所需，配合默契，相互協調，互不爭食，只有這樣，生態平衡才有可能維持下去。

經過深入地觀察和研究之後，人們終於發現，狼群的社會生活原來是相當複雜的，在每個群體當中都有一個雄性首領，實際上是一個獨裁者，或者皇帝，實行著嚴格的等級制度。一旦捕到了獵物，他必須先吃，然後是它所鍾愛的母狼，即皇后貴妃之類，接著則是懷孕的或者正在餵養幼仔的母狼，最後才是其他公狼和尚未成熟的母狼。母狼成熟一般要在兩年以上，而第一次交配一般要到三歲或四歲，在這之前，它們必須和其他公狼一起，在群體中擔任捕獵和防衛等服務性角色。不僅如此，作為首領的公狼還享用性交專有權，即只有牠才有權利和母狼交配，實際上是把所有母狼都置於牠自己的監護之下，或者說後宮之中，其他公狼只能靠邊站，只有義務並無權利。不過，與人間的皇帝不同的是，牠的統治很難實行終身制，因為其他公狼隨時都在覬覦著牠的地位，一有機會便會向牠提出挑戰，使用武力把牠趕下臺去。而一旦下臺，則降為平民，其地位往往連一個普通的成員都不如。新的統治者又會選出自己的所愛，如正宮、東宮、西宮之類，建立起新的進餐次序，真是一朝天子一朝臣，這一點與人類又極為相似。當然，新上臺的首領也必須擔當起組織和指揮捕獵的重任，它們通常都是選擇一頭離群的馴鹿或麝香牛，一般都是弱小或年老者，作為進攻的目標，從不同方向悄悄包抄過去，靠近以後再突然發起攻擊，獵物如果逃走，便會窮追不捨，而且往往分成幾個梯隊輪換作戰，以便保存體力。所以，無論是馴鹿還是麝香牛，一旦被狼群選中，是很難逃脫的。這也就是人們認為狼群特別殘忍的原因。當然，狼的嚎叫，特別是在深夜，也足以令人心驚膽顫，毛骨悚然，從而使狼的形象變得更加可怖。但在北極，若從生態平衡的角度來看，狼也是不可缺少的一環，因為它們正是馴鹿和麝香牛等大型食草動物的制約因素，功不可滅。同時也是大自然中不可缺少的組成部分，至於人類是否喜歡牠們，則完全是另外一回事。

北極熊

北極熊是北極地區最大的食肉動物，因此也是北極當然的主宰。但是，如果從生態平衡的角度來看，人們也許會提出這樣的問題：既然狼群的捕獲目標，已經是馴鹿和麝香牛等最大的食草動物，那麼還要北極熊幹什麼呢？是的，如果僅從陸地上來看，北極熊的存在確實有點多餘。若是這種龐然大物也在草原上逛來逛去，不僅會對本來就為數不多的馴鹿和麝香牛等的生存造成巨大的威脅，而且也會與狼群爭食，從而使狼群陷入挨餓的境地。然而，深思熟慮的造物主，自有其天衣無縫的巧安排，他讓北極熊生活在中心地區的冰蓋上，因為那裏有大量海象和海豹之類在繁衍生息，由於冰蓋的存在，本來就為數不多的嗜殺鯨又到不了那裏，所以基本上沒有什麼天敵，而它們那龐大而肥胖的軀體，又必須要有一種強大而貪食的動物去消耗，北極熊則應運而生，正好找到了用武之地，在這個茫茫無邊的冰雪世界裏作威作福，確立了自己無可爭議的統治地位，成了這個白色王國的君主，而不必再跑到陸地上去，與可憐的狐狸和狼群之類爭食。巨大的北極熊身長可達三米，體重可達八百公斤，一次就要吃四十公斤的東西，一頭馴鹿還填不飽肚子！陸地上哪有那麼多東西去供它們享用呢？

既然生活在海上，就要學會游泳，而北極熊個個都是游泳健將。在北冰洋那冰冷刺骨的海水裏，它們可以自由自在地連續暢游四五十公里。當然，姿勢並不優美，狗刨式的，兩條前腿作槳，奮力向前划去。而後腿則併在一起作舵，掌握著前進的方向。北極熊還很有點自知之明，在游泳途中即使有海豹湊到身邊也決不動心。因為在水裏，它們決不是海豹的對手，對於這一點，它們看來是心中有數，頭腦相當清楚的。

世界上其他地方的狗熊都有冬眠的習慣，東北叫做「蹲倉」，依靠消耗體內儲存起來的脂肪可以舒舒服服地睡上幾個月。但北極熊卻並不冬眠，只在天氣最壞的時候，縮起腦袋睡上幾個小時，身上厚厚的絨毛，和體內幾乎同樣厚的脂肪層，起到了極好的隔熱作用，任憑大雪紛飛，暴風肆虐，它們可以照睡不誤。母熊通常是躲在自己掏出的雪洞裏面，一睡就是好幾天。

北極熊是在三四月份交配，但受精卵卻儲存在輸卵管中並不發育，直到秋天才進入子宮開始成長，年底生育。幼仔只有幾百克重，相當於其母親體重的千分之一。但出生之後發育得卻非常之快，因為其母乳的脂肪含量達三十％以上，是任何其他食肉動物所無法比擬的。小熊有一年多以上的時間要與母熊生活在一起，學習捕食和在北極嚴酷的環境中如何生存，然後則開始獨立生活。雄性一般比雌性離開母熊要早一些。

北極熊是真正的食肉動物，在它的食譜中找不到任何植物。這也是環境所迫，因為在茫茫的冰原上，甚至連苔蘚和地衣之類也無法生長。夏天，它們的日子要好過一些，可以捕捉鳥類，揀食鳥蛋，撈魚摸蝦，偶然走到陸地時，還可以抓幾隻旅鼠當點心吃。但這些東西都太小，一時很難吃飽肚子，只能換換口味，吃個新鮮而已。它們的主食是海豹，主要是環海豹，因為這種海豹分佈很廣，直到北極點附近都可以找到它們的蹤跡。北極熊通常都是站在海豹呼吸孔的下風，以免自己的氣味將海豹嚇跑。它們總是全神貫注，一動不動，耐心等上幾個小時，海豹腦袋一露出來，便會閃電般的一掌拍下去，將其腦殼打得粉碎，並且立刻抓住，使其不致沉下水去，然後再用盡全身力氣，將其從幾米深的冰洞裏拖出，飽餐一頓。由於這種極特殊的捕食方式，所以北極熊總是單獨行動，它們也許是地球上最孤獨的動物。當然也是最靠北的動物，因為有人在離北極點只有幾公里的地方曾經發現有它們的蹤跡。

對於愛斯基摩人來說，除了饑荒之外，北極熊則是他們最可怕的敵人，特別是在槍枝沒有傳過來之前，要靠赤手空拳來對付這種龐然大物，生還的希望是很小的。所以，在他們的傳說故事裏，充滿了對北極熊的敬畏和恐懼。但是，與此同時，北極熊卻也成了檢驗獵人們的膽量和能力的試金石。愛斯基摩人都為自己能捕到一頭北極熊而驕傲。陪我跑野外的愛斯基摩姑娘奧佩(Taqulik Opie)有一天專門向我展示了她家珍藏的兩張熊皮。一張是北極熊的，雪白的絨毛又厚又亮，踩上去軟軟的，像是走在最高級的長毛地毯上。但那爪子又大又尖，使人看了確實望而生畏。另一張是棕熊皮，擺在倉庫裏尚未處理。她說這兩頭熊都是她母親射殺的，因為她父親是白人，按照法律是不能狩獵的。

說到北極熊，還有一個有趣的插曲。一九七八年夏天，美國聖地亞哥動物園的工作人員驚奇地發現，他們飼養的幾頭北極熊的毛正在由白變綠，於是輿論嘩然，以為出現了什麼奇蹟。後來，經過仔細地檢驗才知道，由於北極熊的毛是中空的，管子似的，這樣不僅便於保存熱量，而且當它們在水裏游泳時還能減少體重且增加浮力。但是，萬萬沒有想到的是，在加利福尼亞這種溫暖氣候條件下，海藻卻鑽進毛髮的空管裏安家落戶，大量繁殖，致使北極熊也改變了顏色，由雪白變成翠綠，化了裝似的，變成了時裝模特兒。

伯格曼法則在北極

如果要在地球上尋找一個最理想的場所，來驗證一下伯格曼法則及其推論（或叫艾倫法則）的真偽，那就是北極。這裏的氣候條件和生物群種為這一法則提供了最好的證據。按理說，南極應該也可以，但可惜的是，那裏的生物實在是太少了。

經過大量實地觀察和研究之後，伯格曼認為，對於同一種溫血動物來說，越冷的地方其個體越大，而且越接近於圓形。作為一個有趣的推論，艾倫指出，越冷的地方，其附肢和附器也就越短。因為這有利於保存熱量。這是很容易理解的，例如一桶水和一碗水放在同樣的環境裏，當然是碗裏的水冷得快。而像耳朵、尾巴和四肢，實際上都是散熱器，愈大散熱就愈多。這就是伯格曼法則和艾倫推論的物理機制。在北極，這樣的證據可以說是比比皆是。例如，西伯利亞北極旅鼠的平均長度為十至十一釐米，而再往南一點，分散在北極邊緣地區的旅鼠身長卻只有八釐米。兔子也是如此，北極兔子的長度為九釐米，而在蘇格蘭，同一種兔子，其身長平均卻只有七釐米。另外，北極狐狸比沙漠地區的狐狸大，北極狼比生活在溫暖地區的狼要大，而且也肥得多。

可用作艾倫推論的證據就更多了，例如，北極燕鷗雖然在形態上與廣泛分佈在溫帶地區的普通燕鷗極為相似，但它們的腿部卻要短得多，這是在野外把這兩種燕鷗區別開來的最明顯的標誌。北極野兔雖然其身子比它們南方的同類大，但耳朵和四肢卻要短得多。最明顯的也許是麝香牛，它們的軀體雖然很是魁梧，但卻耳朵很小，四肢奇短，幾乎沒有尾巴，看上去極不勻稱，實在有點怪怪的。狐狸也是如此，與其他地區的同類相比，北極狐狸不僅腿短，尾巴短，耳朵小，而且連嘴巴也收縮了許多，以致於從長臉變成了圓臉。平時，我們一提起狡猾的狐狸，自然而然地就會想起它那長而尖的面孔，似乎令人厭惡。因此，當在北極看到那圓臉的狐狸時，你會覺得它們要憨厚得多了，甚至會懷疑它們到底是不是狐狸。至於北極熊就更不必說了，與其它任何熊類相比，北極熊那小小的耳朵，短短的四肢，圓圓的身軀，都顯得明顯的不同而滑稽。

生態結構與行為科學

如前所述，地球上的生態是由動物和植物兩大分支構成的，而且是互相依存，缺一不可，匯合在一起，組成了一個完整的生態系統，這種情景，使人不由得想起了漢語中的「人」字。當然，這只能是巧合，但卻也是千真萬確的事實，因為人類不僅正是從這個生態系統中進化而來的，是該系統極其重要的組成部分，而且也是依靠這個生態系統而生存、而發展的。由此可見，我們的祖先所創造出來的這個「人」字，不僅書寫方便，形象生動，而且其含義也是非常深刻的。

同樣的，動物界也包含了兩大分支，那就是食草動物和食肉動物，我們不妨也把它想像成是一個「人」字。而在北極，這個「人」字則是愛斯基摩人。在與外部世界接觸之前，除了秋天偶然到山上去採摘一點為數極少的醬果之外，他們幾乎完全是依賴動物而生存的。這也就是說，愛斯基摩人與動物世界的關係比其他地方的任何民族都要更加密切一些，使人不由想起了人和動物之間的關係。

達爾文提出進化論主要基於兩方面的基本事實，一是生物種類的千變萬化，二是動物行為的千奇百怪。他在把這兩方面的重要事實綜合起來，經過認真地思考之後，終於得出了這樣的結論，即如此豐富繁雜、變幻莫測的生物世界，不可能是由上帝在一夜之間創造出來的。這也就是說，在達爾文提出進化論的同時，一門新的科學，即動物行為學也就應運而生了。當然，人類對於動物行為的觀察，決不僅僅是從達爾文開始的，而是可以追溯到遠古，早在原始人類甚至類人猿的時候，他們就必須注意觀察動物行為，以便既能追捕到適宜的獵物，又要逃避猛獸的襲擊。到後來，獵人要研究動物的習性，農夫要飼養自己的牲畜，漁民要瞭解魚類的特點，就是生活在大城市裏的居民，也要提防老鼠入侵，蟑螂造反，或者看看自己的狗貓是否生病之類。所有這些，都離不開對動物的觀察，但卻不是科學。而只有達爾文，才首先把對動物行為的觀察和研究提到了科學的高度，這也正是他極其偉大的貢獻之一。

現在，動物行為科學作為一門新進的正在發展中的科學，雖然還有極其漫長的道路要走，卻也已經取得了巨大的進步。有些發現是極其有趣而且相當驚人的，正在逐步地探究和揭開動物生存中的神秘內幕。例如，蜜蜂的群體並不是雜亂無章，一群烏合之眾，而是等級森然，各負其責，有著嚴格的社會分工和宗法統治，實際上是個母系氏族。蜂王負責繁殖後代，雄蜂專司交配，而工蜂則承擔了所有的勞務而無他求，是真正的無私奉獻者。同樣的，鳥類的婚禮儀式往往是很複雜的，從互相試探到試婚，從新房的布置到子女的撫養，都要按照嚴格的程序。而有些魚類和爬行動物，如鮭魚、海龜和其貌不揚的癩蛤蟆等，都有落葉歸根的戀鄉之情，總是千方百計地返回原出生地去產卵，至於它們為什麼會做到這一點，至今卻仍然是個謎。而一些大型動物，如麝香牛、羚羊，甚至包括一些鳥類，都有強烈的領域觀念，總是建立起自己的獨立王國並嚴格守衛，對於那些膽敢來犯者是會毫不客氣的，如此等等。總而言之，從大型動物到小小的昆蟲，都有一套繁雜而巧妙的生存本領，它們由此所表現出來的聰明才智足以使人類驚嘆不已。當然，科學家們不僅僅滿足於對動物行為的考察和觀測，而是正在深入地探求它們的聰明才智是從什麼地方得來的。他們發現，這既有先天的原因，也有後天的學習。例如，鳥類不用訓練就會做窩，而且其工藝水準與它們的父母毫無遜色。老鼠不用教導就會打洞，其結構也與其父母的洞穴差不多。這顯然都屬於先天的遺傳。而螞蟻經過二十五次試探，就能準確無誤地通過專為它設計的迷宮而去取得食物。老鼠經過幾天的學習之後，則會使用簡單的機械去取下自己急需的奶酪。甚至連智商很低的烏龜，經過了三十八次探索之後，也能聰明地避開路上的死角而順利地到達自己的目的地。這就屬於後天的經驗和本事了。至於它們先天的技能是怎樣通過基因遺傳下來的，而後天的本事又是怎樣取得的，正是科學家們苦苦追索的課題。然而，由此卻引出了一個非常嚴肅的問題來，那就是：動物到底有沒有思維和意識呢？

以前曾經流傳過一句至理名言，幾乎成了顛仆不破的真理，那就是：人類的行為靠理智，動物的行為靠本能。但是現在，隨著行為科學的深入發展，人們對於這一信念似乎已經發生了動搖。而過去之所以那樣專橫，則是因為人類對於動物實際上並不真正瞭解的緣故。例如，蜜蜂的8字舞，原來是在告訴同伴可以採到花蜜的地方；螞蟻儲存的食物一旦潮濕發霉，它們則知道搬出去曬曬；北極鳥類對自己的遷移路線和起程的時間都能把握時機，選擇得精確無誤；狗熊經過一段訓練不僅能騎摩托車，還能搭上一個同伴。如此精確而複雜的過程，如果沒有一定的思維能力，只單單依靠本能，似乎是難以解釋的，因為狗熊的祖先從來沒有騎過摩托車，這種本能自何而來呢？但是，如果承認了這一點，那麼人和動物之間的界限，以致於人和昆蟲之間的界限豈不就會變得模糊起來？對於人類的自尊心來說，這無疑是一個沉重的打擊。然而，事實畢竟是事實，這只能說明，在大自然的競爭中，人類還沒有擺正自己的位置。

行為仿生學

在〈人與動物之間〉一文裏，我曾提出過「社會仿生學」的新概念（見《美國隨想與南極夢說》一書）。現在，我又創造了一個新名詞，叫做「行為仿生學」。當然，我並不想因此項發明而去申請專利。

有人說，如果把所有的愛斯基摩人集合起來開一個會，有一個中等足球場就可以了，但他們生活的地域卻比歐洲還要大，北極人口密度之小由此就可想而知了。因此，在北極，人和大自然，特別是人和動物之間的關係是如此之密切，以致於使我常常想起，人和動物之間到底有些什麼本質上的差異？為此，常和那些生物學家們討論甚至爭論，想弄出個究竟來。但是，爭來爭去，反而越弄越糊塗，最後只好搖搖頭說：「看來人和動物之間的界限確實有點模糊。」只有幾個堅定的基督教徒對此表示反對，他們認為：人和動物怎麼能相提並論？簡直荒唐至極。因為人有靈魂，動物沒有。人死了以後可以上天，動物死了以後就什麼也沒有了。但是，他們的論點卻立刻遭到愛斯基摩人的批判。因為，在愛斯基摩人看來，世界萬物皆有靈魂，所以他們在捕到動物之後，首先給它們一點水喝，然後再殺來吃肉。這樣，動物的靈魂就可以轉世，他們就永遠可以打到獵物了。看見他們爭論不休，面紅耳赤的樣子，我卻突然想到，人和動物之間的差別也許就在於此吧。

有位生物學家告訴我說，有一次他做了一個海鷗蛋的模型，和海鷗蛋一模一樣，只是大了許多倍，趁海鷗不在的時候把它和一個真的海鷗蛋放在一起，想看看海鷗回來之後，會作怎樣的選擇。結果，海鷗媽媽回來之後卻犯了難，因為它搞不清楚那個是真的，轉來轉去，觀察研究了好半天，最後還是決定孵化那個大個的。但是，那隻蛋實在是太大了，她好不容易爬了上去，剛想臥下去孵，不小心一下子又摔了下來，這樣的反覆了許多次。由此那位生物學家得出結論說，這看上去很是愚蠢，但卻反映了一種天性，即鳥類似乎也有好大喜功的壞毛病。

實際上，動物有本能，人類也有本能；人類有思維，動物也有思維，只不過是，人類的思維要比動物複雜一些而已。例如，動物生下來就知道吃東西，因為不如此就無法活命；人也是如此，嬰兒一生下來就知道吃奶，是不需要去教的。動物小的時候要母愛，如果失去母愛則會尋找一種替代物；人也是如此，嬰兒偎依在母親懷裏睡得最為香甜和踏實。動物成熟了就會交配，因為不這樣就不能繁衍後代；人也是如此，長成之後都知道結婚生子，否則就會斷子絕孫，如此等等。然而，不同的是，動物的行為都是為了生存，而且也僅僅是為了生存而已。而人類的行為卻要複雜得多，除了生存之外，還要追求精神上的滿足。例如，人類的吃飯就決不僅僅滿足於填飽肚子，只要有條件就要講究幾大盤幾大碗，色香味俱全，真是食不厭精，膾不厭細，以致發展成一種吃的文化；人類的穿衣也決不僅僅為了保暖，而是追求款式新穎，色調華麗，花枝招展，風度翩翩，形成一種穿的藝術；人類的住房也並不僅僅為了生存，而是越造越高，越住越大，寬敞明亮，富麗堂皇，孜孜以求的是享受。也就是說，人類的行為實際上也都是從本能開始的，至於思維和意識，只不過是本能的引申和昇華而已。這也並不奇怪，因為人類本來就是從動物進化而來的，所以，人類所有的行為幾乎都可以在動物世界中找到其類似的模式。例如，群體意識是人類社會存在和發展的基礎，正是有了人類之間的團結奮鬥，分工合作，才會在地球上創造出了如此巨大而輝煌的業績。但是，這種群體意識卻不僅屬於人類，在動物之間也同樣存在，從天上飛的鳥到水裏游的魚，從龐然大物的野獸如大象和麝香牛之類，到微不足道的昆蟲，如蜜蜂和螞蟻，似乎都知道群體之重要，因為不如此就很難生存下去。又如，兩性結合不僅是人類存在的關鍵，而且也是人類精神生活的核心，因此而有繁雜多樣的婚姻形式，如一夫多妻、一妻多夫，和一夫一妻等。但是，所有這些花樣，都可以在動物當中找到類似的範例。不僅如此，更加有意思的是，有些看上去完全是由於人類高級思維而導致的行為，在動物當中也可以找到極為相似的模式。例如，國不能有二君，這在人類有史以來的權力鬥爭中已經成了永恆的真理。其實，在人類來到這個世界上之前，這種法則在動物當中早就實行了不知有多少萬年了。蜜蜂王國就是一個極好的例子，蜂王一出世，第一件事就是將其他尚未出窩的蜂王咬死。又如，一朝天子一朝臣，動物當中也是如此，狼群的首領在臺上時作威作福，但一旦被趕下臺來，不僅自己降為平民，就連原來與它相好的也得遭殃，在群體中變成了二等公民。印度有一種葉猴，在權力爭鬥中幹得更為徹底，簡直是殘酷絕倫。在其王國當中，總是有一頭公猴配有成群的母猴，猶如後宮佳麗，由他負起全部交配的責任，真可以說是享盡榮華富貴。但是，他的統治一旦被推翻，新的主子不僅要把後宮攫為己有，而且還要將所有幼猴中的公猴統統殺死，以便消除異己，建立起自己的絕對統治。這與人類當中為了爭取王位而引發的父子或兄弟之間互相殘殺的行為如出一轍，但其歷史卻要更加久遠得多。

更加可笑的是，人類雖然把愛情視為神聖，高唱要互相忠誠，但真正做到的卻並不很多。然而，有些動物卻為人類樹立了極好的榜樣，北極天鵝就是一例，總是夫妻廝守，形影不離，一旦喪偶，則會淒婉長嚎，悲鳴不已。而灰色的大雁更是堅貞，不僅絕對奉行一夫一妻制，雄雁見了別的雌雁決不挑逗追求，甚至在喪偶之後也決不再娶，寧願鰥居終身，忠貞不二。具有諷刺意味的是，從這種灰雁馴養而來的家鵝卻就一反常態，雄鵝一個個都變成了花花公子，見了雌鵝窮追不捨，絕無忠貞可言，似乎是入鄉隨俗，南橘北枳，受到了人類行為的薰陶和影響的緣故。

想到這裏，我就不願意再想下去，或者說不敢再想下去了，開始懷疑是否由於北極這種極特殊的環境，而使自己的思維出了問題，或者神經出了毛病。因為，人類之自視清高，總認為與動物是天壤之別，又有誰願意承認動物比自己還要高明呢？如果這樣繼續想下去，因此而得出結論說，動物比人還要高級，豈不荒謬絕論，大逆不道？況且，我自己也是人類中之一員，豈能自我貶斥？若是因此而被人類所反對、所拋棄，成了過街老鼠，還將怎樣在這個社會上生存下去呢？那就真要冒天下之大不韙了。因此，為將來計，還是停止這種漫無邊際的想入非非，就此擱筆為妙。

兩極探險之路

人類生來就有一種天然的好奇心，而這正是人類向未知領域不斷進軍和探索的動力。但是，並不是所有的人都有這種信心和勇氣，只有一小部分狂熱分子，這就是所謂的探險家。那麼，什麼樣的人容易成為探險家呢？最近的科學研究表明，造就一個探險家的主要原因並不是後天的興趣或機遇，而是由於某種先天的條件決定的。一九九六年，由美國科學家和以色列科學家各自獨立進行的研究得出了同樣的結論，即人的性格與基因有關。他們發現，在人的第十一號染色體上，有一種叫做D_4DR的遺傳基因，對人的性格有明顯地影響。而那些容易激動興奮，喜歡尋求新奇刺激，極富冒險精神的人，其D_4DR基因比別人都要更長一些。當然，具有這種特點的人畢竟是少數。這大概也是上帝故意安排的。因為，如果所有的人都不肯安分守己，大家都想去冒險，每個人都拼命地去尋求刺激，那麼天下非大亂不可，人類社會也就難以維繫。由此可見，上帝在造人的時候，大概已經充分的考慮到了這一點，所以只給了極少數人以較長的D_4DR基因，而使大部分人容易滿足於現狀，安分守己，真是謝天謝地。否則的話，我們今天可能就將生活在一個完全不同的世界裏。

那麼，探險家們到哪裏去一獻身手呢？這一點上帝也早有安排，那就是給他們預備好了兩極這兩塊極其嚴酷的土地。當然，探險家們可以做的事情是很多的，上天、入地、攀岩、下海，都可以一展身手，但若與南極和北極相比，卻只能是雕蟲小技。直到前不久，西方水手中還沿襲著這樣一種習慣：即曾往南繞過好望角和合恩角者，飯後有權將一隻腳放在桌子上；而曾往北進入北極圈者，飯後則有權將兩隻腳都放在桌子上。因此，那些雄心勃勃的大探險家們都把眼睛盯在了北極和南極，就不足為奇了。

實際上，正如政治舞臺一樣，南極和北極也是一種永久性的舞臺，各種人物前仆後繼，川流不息，你方唱罷他登場，演出了一幕幕扣人心弦的悲喜劇。不過，這裏的主角不是那些能言善辯、見風使舵的政治家，而是一群敢於向大自然和自己的命運挑戰的無畏的勇士。他們的目的也不是想方設法、千方百計，不擇手段地去攫取權力，以統治別人，而是以自己的生命為賭注，向未知世界和人類的極限宣戰，以揭示大自然的無窮奧秘，並檢驗自己的智慧、能力和決心。

然而，要征服兩極談何容易，上帝早就為他們設置好了足夠多的陷阱和障礙。據不完全統計，在北極探險中獻身的有六百多人，而死於南極的也有幾十人。請看下面的記載。

北極之路

北極絲綢之路

有一天，我剛從海邊回來，正想坐下來寫點東西，同在北極考察的美國朋友鮑勃興沖沖地進來了，手裏拿著一本書。看那表情，他顯然是有點激動，甚至得意，但動作起來卻仍然從容不迫，慢條斯理，不失其紳士風度。他兩眼緊緊盯著我，卻不說話，似乎有什麼重大機密讓我猜似的。我則故作嚴肅地說：「我們今天辯論的題目是什麼呢？」

「中國與北極。」他晃了晃手裏那本厚厚的書。

「噢？這倒是個很有意思的論題。」我拿過那本書翻閱著，書名為“*To the Arctic*”，也許可以翻為《奔向北極》，是關於北極探險的故事的。於是好奇地問道：「除了北方來的寒風能使我們國家的氣溫驟然下降之外，中國與北極在歷史上還有什麼其他直接聯繫？」

「不！你錯了。」鮑勃緩緩地搖了搖頭，「實際上，人類向北極進軍的最初的動力正是來自中國，是由於中國強大的吸引力。你知道馬可・波羅嗎？」

「當然知道。」我覺得被小看了似的，於是反駁說，「正是馬可・波羅把中國的絲綢之路延伸到了歐洲大陸。」

「是的，很對。」鮑勃贊許的點點頭，「但是，你可曾知道，還有另外的絲綢之路，那就是過北極的西北航線和東北航線。只不過是，這兩條絲綢之路很少有人能走得通就是了。」

「西北航線和東北航線我早就知道的，但稱它們為絲綢之路卻是第一次聽說。而且，這與馬可・波羅能有些什麼關係呢？」我把書還給他，對他的論點顯出有點大不以為然的神氣。

「好吧，讓我們先來看看，馬可・波羅關於中國到底說了些什麼。」鮑勃胸有成竹地翻開那本書，指著其中的一段讓我看，並且大聲念著，「那裏黃金鋪路，你可以隨便揀起來，拿回家去；那裏綾羅綢緞比比皆是，隨手可得；那裏有無數的香料清香撲鼻，刺激感官，引起貪欲；那裏的樹木和石頭都蘊藏著各種寶藏；那裏閃閃發光的金幣和甜美無比的水果堆積如山；在那裏，人們只要喝下清清的泉水就能返老還童；在那裏，剛剛發現的磁針，奇蹟般的轉動著，總是指向南北極。」念到這裏，他把書合起來，抬起頭來望著我，感慨地說：「天哪！對於那些十三世紀的西方人來說，這不正是他們夢寐以求的天堂嗎？而且，這並不是在活人無法到達的天上。而是在地上，就在他們的東方，是確確實實存在的，因為已經有人，那就是馬可・波羅，去過那裏。這就有力地證明了，天堂是可望而不可及的，但中國卻是完全可以到達的。因此，西方人就像是一些鐵屑，而中國則像是一塊巨大的磁石，具有著極其強大的吸引力。於是，人們開始認真地思索，總想千方百計地探索出一條通往中國的道路，正如這本書開宗明義的標題一樣，The paths to the Cathay，即通往中國之路。馬可・波羅那時稱中國為Cathay，而不是China。而這正是哥倫布遠航的直接原因和真正動力。」

「這與北極有什麼關係呢？」我打斷了他的話。

「當然是大有關係的。」鮑勃雖然有些不快，但仍然是那樣慢條斯理，「哥倫布堅信，一直往西航行，就可以到達印度和中國，卻沒有想到在半路上會發現一塊大陸。那時候，人們並不喜歡美洲大陸，因為它擋住了去往中國和東方之路。但也沒有辦法將它搬掉，在無可奈何的情況下，只好往南探索，後來終於繞過非洲南端的好望角進入了印度洋，接著又繞過了美洲南端的合恩角而進入了太平洋，這就是所謂的地理大發現。但是，這些發現主要是由西班牙人和葡萄牙人完成的，那時候，這兩個國家是世界上最強大的航海國家。英國雖然也漸漸具有了航海的實力，卻是個後起之秀，若要向南發展，必然會受到西班牙和葡萄牙兩個海上強國的限制，況且，從大西洋南端往東往西通往東方的航線都已經為人家所發現。於是，英國人，當然還有俄國人、荷蘭人、丹麥人和美國人等，則把探索的目光轉向了北極，他們希望能從大西洋北口往西，即西北航道，或者往東，即東北航道，尋找出一條通往中國的道路，如果能夠行得通，不僅可以大大縮短去往亞洲的距離，而且還能打破西班牙和葡萄牙在航海上的壟斷地位，挽回大英帝國的面子。然而，遺憾的是，他們的運氣卻遠沒有西班牙人和葡萄牙人那麼好。在北冰洋中，無論是往東還是往西，都受到了大自然的嚴酷挑戰，損失慘重而收效甚微，一次又一次地均以失敗而告終。」

「不！最後他們還是成功了，終於達到了自己的目的。」

「你指的是什麼？」他不解的望著我。

「我指的是八國聯軍。」我笑著回答說，「馬可・波羅之後六百年，西方人終於湧進了北京，他們不僅掠走了無數金銀財寶和綾羅綢緞，放火燒毀了圓明園，而且還把皇宮裏的黃金用刺刀刮下來，帶回家去，正如馬可・波羅所說的那樣。」

「不！不！」鮑勃擺擺手說，「你把八國聯軍和馬可・波羅聯繫起來是不公平的，他不可能為幾百年之後的西方人的行為負責。」

「是的，這一點我完全同意。」我笑笑說，「馬可・波羅是友好使者，而八國聯軍則是侵略者和掠奪者。但是我想，不管出於什麼原因或目的，馬可・波羅把中國描寫得太美好了，因而激起了西方人瘋狂的貪欲，這固然促進了人類之向全球進軍，從而獲得了地理上的大發現，但最終卻使中國遭了殃，蒙受了巨大的損失和恥辱。當然，這種責任既不能怪罪馬可・波羅，也不應由現在的西方人來承擔，但作為歷史教訓，人類是應該牢牢記取的。」

聽了我這通議論之後，鮑勃沉默了，他緩緩地站了起來，在屋裏踱著步子，似乎是無話可說，或者是不想說什麼了。我開始感到有點後悔，以上的宏論也許是過於激烈了，可能傷害了鮑勃的自尊心。正想解釋，鮑勃卻擺擺手制止了我，然後若有所思地說：「是的，歷史是很沉重的，往往會壓得人們喘不過氣來。至於責任，就更加難以追究，因為那些本應該承擔歷史責任的人自己也已經成為歷史了。」

「是的，我很理解這一點。」我也站了起來，「所以有時我想，你們美國歷史短，只有二百多年，因此框框很少，可能是個好事。而我們中國卻有幾千年的歷史，雖然可以借鑑的東西很多，但卻也背上了非常沉重的歷史包袱。所以，世界上所有歷史悠久的國家進步起來都相對緩慢，也許正因如此吧。」

「不知道。」鮑勃困惑地搖搖頭，「對於歷史問題我是外行，很少去考慮和研究。」

「好吧，那就讓我們繼續來討論人類是怎樣進入北極的吧。」

於是，我們的話題則又從中國轉向了北極之路。

馬可・波羅與哥倫布

直到十三世紀乃至十四世紀，南方與北極的聯繫都還只是停留在經向上。無論是人類到北極探險，還是北極的貨物源源不斷地運往南方各地，都是在南北方向上運動，而且是各幹各的，從西歐到東亞，各有各的渠道，各有各的路子，彼此間並沒有什麼聯繫。然而，也就在此期間，人類歷史上卻發生了一件大事，不僅把東西方聯繫了起來，而且也為人類向北極進軍賦予了一種全新的含義。因此，雖然這件事情本身純屬一種個人行為，但為人類歷史的進程以及人類向北極進軍注入了新的活力，起到了極大的推動作用。這就是馬可・波羅的東方之行和他的《馬可・波羅行紀》。

一二七一年十一月，只有十七歲的馬可・波羅跟隨他的叔叔經過極端艱苦的長途跋涉之後，終於來到了東方文明古國的元大都，直到一二九五年離去，共在中國生活了二十四年。如果他不把這些經歷寫出來，那麼事情大概也就到此為止，最多也不過演化成一些傳奇故事而已。然而，所幸的是，他後來住進了監獄，大約是因為無事可做的緣故吧，便自己口述，由別人代筆，寫出了《馬可・波羅行紀》這部千古不朽的名著。據他說，那時候亞洲北極地區的商品和貿易主要都是運往中國的。正因如此，所以那時的中國人對於北極已經有了一些瞭解，例如，「那是一個黑暗的地區」，「冬天的大部分時間裏見不得太陽」，那裏「狗熊的顏色是白色的，個子很大」，那裏的人們「乘坐狗拉雪橇旅行」等等。據當時的韃靼人告訴他說，他們經常到北方去進行掠奪，因而迫使那裏的居民不斷地往更北的方向遷移。

可以猜到，馬可・波羅口述的經歷大概主要是為了滿足人們的好奇心，他恐怕做夢也不會想到，這部著作會有如此深遠的歷史意義。關於他在東西方交流方面所起的重要作用，人們討論得已經夠多的了。但是，關於他對北極探險方面的影響和含義卻鮮為人知。實際上，正是因為馬可・波羅在他的遊記當中把中國描寫得像天堂一樣，這不僅引起了西方人的好奇心，而且也勾起了他們掠奪欲。因為，西方的許多人雖然信奉上帝，但卻也知道，在他們有生之年，天堂是無論如何也進不去。然而，中國卻是實實在在，誰能到達那裏，誰就會擁有巨大的財富。因此，他們便把攫取的目光轉向了中國。

大約在一四六二年，一篇帶有托勒密地球圖的地理論文發表了，就像是一顆巨型炸彈，立刻引起了極大的反響，造成了人們的困惑和不安。因為這一由希臘人所提出的理論認為，地球是圓的，就像一個球體。這不僅為人類對地球的認識開闢了一個新紀元，而且也是哥倫布首航大西洋的理論基礎和原動力。

作為一名意大利航海家，哥倫布一四五一年誕生在西班牙，經過一段相當的努力和奔波之後，終於得到了西班牙國王的支持。一四九二年八月三十日，哥倫布揚帆遠航，開創了他具有深遠歷史意義的偉大業績。一四九二年十月十二日清晨，他到達了巴哈馬群島中的一個島嶼，這就是所謂的發現了新大陸。

其實，早在上萬年之前，印第安人就已經進入了南北美洲。而早在幾百年之前，斯堪的納維亞海盜和愛爾蘭僧侶也已經登上了這塊陸地。但這些活動都沒有哥倫布發現新大陸這般榮耀和轟動。這是因為，唯有哥倫布的發現是在某種理論的指導下完成的，而且通過他及其以後的航行，證明了這種理論是完全正確的，從而將人類對於自己所賴以生存的這個星球的認識，大大地往前推進了一步。

然而，當時的哥倫布並不知道這一點。他這次航行的目的與其說是為了證明地球是圓的，倒不如說是為了尋找一條通往中國和東方之路。東方的財富比起地球是否是圓的要具有更大的吸引力。因此，當哥倫布雄赳赳氣昂昂地揚帆西行時，他蠻以為可以長驅直入，一口氣就到達印度。誰知，橫亙在前面的這塊土地不僅擋住了人們的去路，而且上面除了難以對付的印第安人之外，似乎並沒有什麼金銀財寶可以掠取。

巴倫支與巴倫支海

十六世紀後期，荷蘭的港口愈來愈發達，當商人們聽說英國在與俄國的貿易中撈到了巨大好處時，便急於跟東方作生意。於是，他們便組織了一批探險家，開始了新的一輪打通東北航道的努力。其中最著名的是巴倫支，因為在今天的各種語言的世界地圖上，都帶有他的名字。

一五九四年，三艘船隻從阿姆斯特丹出發，開始了荷蘭歷史上的第一次北極航行。其中有一艘船隻則是由巴倫支(Willem Barents)指揮的，而這也正是巴倫支探險生涯的開始，那時他剛剛三十四歲。

巴倫支一共完成了三次北極航行，雖然每次都進入了北冰洋，但在前兩次探險中卻沒有什麼特別突出的建樹。一五九六年，在阿姆斯特丹商人們的資助下，巴倫支和其他兩艘船隻一起，又開始了第三次探險。在這次具有歷史意義的航行中，他們不僅發現了斯匹斯卑爾根島，而且到達了北緯七十九度四十九分的地方，創造了人類北進的新記錄。後來，巴倫支繼續向東北行進，直到八月二十六日他們的船隻被凍住為止，他和船員們則成了第一批在北極越冬的歐洲人。當時的天氣是如此之寒冷，他們只有把指頭伸進嘴裏才能保持溫暖，但只要一拿出來，則立刻凍成冰棍。不僅如此，還經常受到北極熊的襲擊。儘管如此，船員們在巴倫支的鼓勵下，克服了常人難以想像的種種困難，頑強地生存下來。直到第二年夏天，敞篷小船終於掙脫了堅冰的圍困，又回到了自由的水域。然而，這時的巴倫支已經病入膏肓，臨死之前他寫了三封信，把一封藏在他們越冬住房的煙囱裏，另外兩封分開交給兩艘船隻上的同伴，以備萬一一艘遭到不測，另一艘也許能夠逃出厄運，這樣就能有一點文字記錄流傳於後世。一五九七年六月二十日，巴倫支死在一塊漂浮的冰塊上，那時他剛三十七歲。

兩個多世紀之後，直到一八七一年，一個挪威航海家又來到巴倫支當年越冬的地方，發現了他們居住過的小木屋，並從煙囱裏找出了那封信。

巴倫支的航行不僅都有詳細的文字記載，而且他沿途還繪製了極為準確的海圖，為後來的探險家提供了重要的幫助。據說，在他的遺物裏還有一本打開著的中國歷史書。但一九九四年，我訪問挪威極地研究所時，專門詢問是否有這回事，他們卻說沒有見到過這樣的記載。

為了紀念他，人們便把北歐以北他航行過的海域的一部分稱為巴倫支海。

彼得大帝與白令

在人類向北極進軍的過程中，特別是對東北航線的調查和探索中，俄國人也做出了重要貢獻。與英國一樣，這也是向外擴張政策的直接結果，而其真正的目標也是指向東方和中國。

每個民族都會有自己出類拔萃的精英，或者是高瞻遠矚的領袖人物，或者是具有遠見卓識的民族英雄，他們能夠居安思危，洞察全局，不滿於現狀，看到本民族的癥結和危機，然後大膽一擊，從而力挽狂瀾，扭轉乾坤，使之改弦易轍，繁榮昌盛，開始了一頁新的歷史。

昏庸的俄國沙皇向來是以保守著稱的，他們寧肯躲在宮廷裏尋歡作樂，也不願意去關心一下外部世界是如何發展變化的。直到彼得大帝上臺之後，這種情形才有所改變，從而使得俄羅斯民族的歷史進入了一個嶄新的時期。

在十七世紀快要結束的時候，也就是正當英格蘭和北歐諸國在為西北航道和東北航道進行著艱苦探索的時候，彼得大帝走出宮門，遍訪了法國、荷蘭和英格蘭諸國。他看到在各國的碼頭上，每年都有成千上萬的船隻到北方海域去捕魚；他看到整座城鎮上都在忙於精煉鯨油和清理鯨骨；他與商人們談話，瞭解他們怎樣加工北極動物的皮革；他與大學的知識分子座談，聽取他們關於北極地理的爭論和推測。他對這一切都非常感興趣，他急於去學習每一樣東西。在這之前，他只知道，當西班牙、葡萄牙、法國、荷蘭和英國正在向南北西航行，以尋找新的陸地和海域時，俄羅斯則只是在穩步地往東推進。現在，他覺得，俄羅斯的眼光應該放得更寬一些，胃口也應該更大一些。於是他便擬定出了一個雄心勃勃的往外擴張的計劃，除了大舉開發西伯利亞之外，他還秘密派遣了兩個人，從海上出發，去探索亞洲大陸和美洲大陸是否連結在一起的，但是，在他內心深處，所念念不忘的卻仍然是中國。他曾對自己身邊的人說：「這個想法在我心中已經有許多年了，只是因為，總是有許多別的事妨礙我去實現它。我曾經提出，要尋找一條通過北極海域而前往中國和印度的路。……在我最近的出訪中，我曾經就這一目標與知識階層討論過，他們的意見是：這樣一條道路是可以找到的。現在，我們的國家沒有危險的敵人，我們應該沿著藝術和科學的路線前進，為國家的繁榮而鬥爭。」

為此，他任命已經在俄國海軍中服役達二十五年之久，具有豐富航海經驗的丹麥人白令(Vitus Bering)為隊長，去完成確定亞洲和美洲大陸是否連在一起的這一艱巨任務。

一七二五年一月，白令和他的二十五名隊員離開了彼得堡，橫穿俄羅斯，旅行八千多公里，到達太平洋海岸，然後登船出征。就在這一年，彼得大帝去世了。而在此後的十七年中，俄羅斯換了五個統治者，但白令卻堅定不移，前後完成了兩次極其艱難的航行。在第一次航行中，他在北極地區發現了幾個島嶼，繪製了堪察加半島的海圖，並且順利地通過了阿拉斯加和西伯利亞之間的航道，這就是現在的白令海峽。然而，由於行政上的原因，直到一七三九年，他的第二次航行才得以實現。但到一七四〇年，在跟隨他航行的隊伍中，已有四十二個人死於壞血病，只有九個人幸運地活了下來，他們必須尋找一個地方越冬。後來，他們終於意識到，他們的使命也許是太艱巨了，亞洲大陸的海岸線在他們面前仍然在無限的向西北延伸著，而白令這時已經六十多歲，連年的奔波已經使他精疲力竭。是的，他確實到達了北美洲的西海岸，並且發現了阿留申群島和阿拉斯加，但是，他從彼得大帝那裏所接受下來的神聖使命的中心問題，即亞洲和美洲是否是連在一起的，卻仍然沒有得到一個滿意的回答。因為他那時候並沒有搞清楚，亞洲和北美大陸之間到底是連在一起呢，還是橫亙著一個海峽。

儘管如此，白令仍然不愧為是一個非常偉大的航海家，由於他的發現，使得俄國對阿拉斯加的領土要求得到了承認。當然，為此也付出了沉重的代價！前後共有一百多人在這兩次探險中死去，其中也包括白令自己。一七四一年，他的船觸礁了，他自己也因壞血病而死去。船員們將他的屍體綁在厚厚的木板上，並蓋上鬆軟的沙土，然後推入海中，讓它慢慢地沉沒。

就這樣，這個為俄國作了三十六年探險航海的英雄，在航行了數萬公里之後，終於找到了自己的歸宿，又回到了大海裏。

富蘭克林的悲劇

經過幾百年的艱難探險和考察之後，到十九世紀中期，歐亞大陸北極的基本情況已經搞清楚了。美洲大陸北極的情況雖然複雜一些，但也已經有了一個大體的輪廓。特別是一八一九年，由潘瑞船長指揮的一次探險，差一點就打通了西北航線，使人們似乎看到了勝利的曙光。為了鼓勵新的努力，英國政府決定設立兩項巨獎：以二萬英鎊獎勵第一個打通西北航線的人，以五千英鎊獎勵第一艘到達北緯八十九度的船隻。於是，又應了那句老話：重獎之下必有勇夫，卻導致了富蘭克林的悲劇。

約翰・富蘭克林生於一七八六年四月十六日，十四歲就參加了皇家海軍。在拿破侖戰爭期間，他參加了幾次非常有名的戰役，其中包括特拉法爾加之戰，並且受過輕傷。拿破侖戰爭之後，作為一個年輕的海軍上尉，他也踏上了北進的征途。先是於一八一八年作為大副，參加了由珀坎船長指揮的北極航行。接著，於一八一九年，受海軍部之命，他再次率領一支隊伍從陸上進入北極地區，沿北冰洋海岸行進了三百四十多公里，繪製了那一帶的地圖。然而，在那次航行中，由於富蘭克林對北極的自然條件並不熟悉，而且剛愎自用，結果導致十個人因凍餓而死。他雖然僥倖生還，但回到倫敦之後，卻被指控為謀殺和虐待，差點鋃鐺入獄。後來，還是因為他自己在這次考察中也吃了很多苦，因而喚起了人們的同情心，因而不了了之。後來，他被提升為船長，於一八二五年至一八二七年又進行了第二次陸上考察。在這次考察中，他接受了上次的教訓，組織得很好，繪製出了北極海岸六百四十公里的地圖。在這之後，他便步入政壇，先是在地中海做了幾年小官吏，後來又到了澳大利亞當了七年塔斯馬尼亞島總督。儘管如此，也許是由於生活經歷的緣故吧，他對北極考察仍然念念不忘，懷有濃厚的興趣。

到十九世紀四〇年代，雖然英國已經轟開了中國的大門，但是，無論是繞過好望角，還是繞過合恩角而到達中國，路程似乎都太遠了一點。因此，為了提高掠奪效率，英國就更加急於打通經過北極的絲綢之路，或者黃金之路。

一八四四年，英國海軍部又派出了兩艘艦艇，它們不僅裝備有當時最先進的蒸汽機螺旋槳，在必要時還可以縮進船體之內，以便於清理冰塊，而且還裝備了前所未有的可以供暖的熱水管系統。所以人們認為，這種新式的輪船完全可以衝破西北航線上的冰障。為了萬無一失，經過精心挑選，終於確定由具有豐富的北極航行經驗的約翰・富蘭克林爵士來指揮這次意義重大的探險，並給他選派了一個最有力、最幹練的助手班子。其中有一位，即三十三歲的費茲甲米斯先生，是在剛剛結束的鴉片戰爭中，曾經大顯身手，雙手沾滿了中國人鮮血的指揮官。

然而，美中不足的是，約翰爵士那時已經五十九歲了，這使得海軍部的老爺們頗犯了一陣猶豫。而富蘭克林是一個極端好爭論的人。據說，當時的海軍大臣哈汀頓曾對他說：「我可以找出一個很好的理由不讓你去，約翰爵士，因為有人說，你已經六十了。」

「不！不！我的上司，」富蘭克林激烈地爭論說：「我剛剛五十九歲。」就這樣，他終於得到了這次任命。那時候，在他看來，這一任命實在是天賜良機，所以他堅定地聲明說：「在我心中，沒有比完成對美洲北海岸的調查和打通西北航線更急切的了。而這次考察則正好兼有這兩方面的任務，所以義不容辭。」

一八四五年五月十九日，富蘭克林率兩艘船共一百二十九名船員，沿泰晤士河順流而下。當時，所有的英國人都認為，這次的成功是手到擒來的，如囊中取物，那兩項巨額的獎金肯定會落到富蘭克林的腰包裏。然而，天有不測風雲，人有旦夕禍福，有誰能夠想到，富蘭克林的命運竟會如此之慘呢？七月下旬，有些捕鯨者還在北極海域看到了富蘭克林的船隊。但是，自那以後，他們便消失得無影無蹤，與外界失去了一切聯繫，就像是突然從地球上消失了似的。

英國人向來以穩健自居，在任何情況下都要保持紳士的風度。所以，直到三年之後，仍然還沒有富蘭克林的消息，人們方才大夢初醒，覺得事情不妙，似乎應該做點什麼。於是，從一八四八年起，終於展開了營救工作。在此後的十幾年裏，一共有四十多個救援隊湧進了北極地區，去尋找那些失蹤的人員和船隻。其中，有六個隊從陸上進入美洲北極，其他三十四個都從水路進入北極各島嶼之間，展開大面積的搜索。起先，大家還抱著一絲希望，希望能找到那些失蹤的人員。但幾年之後，人們清楚地懂得，任何救援活動已經毫無意義，此後的一切努力，只不過是為了搜索他們已經死亡的證據。

這些救援隊伍大部分都是由政府派出的，但也有少數是個人資助的。其中，最感人的是富蘭克林的妻子簡的不倦努力。富蘭克林夫人是一個性格極其堅強的女人，她堅信自己嚴厲的丈夫還活著，所以不惜一切代價，先後派出四艘船隻到不同的地方去搜索。特別有意思的是，她指示各個船長，按照一個剛剛在愛爾蘭去世不久的四歲女孩，在死之前憑自己的靈感所畫出來的神秘的航海圖去進行搜索，而後來的結果卻表明，這個航海圖居然非常準確地指出了富蘭克林出事地點，不知真有心靈感應，還是偶然的巧合，成了一個耐人尋味的謎。

後來，經過大量的調查，把搜集到的所有證據拼湊起來之後，人們可以清楚地看出，這場悲劇發生的過程大約是這樣的：

一八四五年七月以後，探險工作進展得似乎還很順利。他們曾發現了大片無冰的水域，往北航行到達北緯七十七度。但因為他們的任務不是往北而是往西，所以便停止了前進，然後掉頭往西，沿途考察了陸地沿岸，並建起了越冬基地。在第一個工作季節中，就取得了如此大的成績，這是以前任何考察都無法比擬的。但是，他們顯然並不滿足於現狀，而是繼續追求著更加遠大的目標。到第二個夏天來臨，他們繼續前進時，有三個人卻已經進入了墳墓。一八四六年九月，他們的船隻再次被牢牢凍住，再也未能解脫出來。更加糟糕的是，他們所攜帶的食品有一半已經霉爛變質，無法食用，這無疑是一種嚴重的威脅和無情的打擊。他們曾經希望，也許他們的船隻可以和浮冰一起，往西漂流而自動進入太平洋，後來卻失望地發現，這純粹是一種幻想，實際上是不可能的。

一八四七年六月十一日，在剛剛慶祝了六十二歲生日之後，富蘭克林與世長辭了。臨死，他仍然滿懷信心地盼望著，幾天之內他的船隻將會掙脫浮冰而自由地往西航行，直到勝利。然而，嚴酷的現實卻完全是另一種樣子。後來，兩艘船不僅均未掙脫出來，而且都被浮冰擠破，變成了一堆垃圾。進入第三個冬季之後，食物愈來愈少，人們漸漸地凍餓而死，一八四八年四月二十二日，剩下的一百零五人決定棄船而逃。但是，他們的體力已經非常虛弱，許多人染上了重病，動彈不得。為了減輕負擔，他們幾乎扔掉了所有的東西：炊具、衣服、毯子、帳篷、冰鎬，甚至還有藥盒子。這樣雖然減輕了重量，但與此同時，卻也幾乎喪失了生存的手段。只有一樣東西他們怎麼也捨不得丟棄，那就是銀質餐具，因為上面刻有皇家的標誌。但在北極，特別是在那種情況下，銀製餐具除了增加沉重的負擔之外，實在毫無用處。

就這樣，他們一個個地死去。所幸的是，沿途有人還寫了一些紙條埋在雪裏，保存了下來，使後人有可能對他們的遭遇略知一二。否則的話，這兩艘船和一百二十九名人員的失蹤又將成為千古之謎。也許有人又會出來大做文章，說他們很可能是被外星人掠了去。

當然，富蘭克林及其夥伴們並沒有白死，他們雖然未能打通西北航線，但那催人淚下的悲劇卻引起了世界輿論的極大關注。在此後十幾年所開展的救援搜索中，人們所獲得的有關美洲北極地區的知識，比過去二百多年所發現的東西還要多得多，為最終打通西北航線進一步提供了依據。

談到這裏，也許可以議論上幾句，因為有些事情是很值得回味的。如果說，富蘭克林是上了物質刺激的當，他的悲劇完全是由於那二萬英鎊的獎金造成的，那是誇大其詞，且有損於英雄們的形象，因為他們確實是懷著打通西北航線的理想和決心而獻身的。但是，反過來，也不能說這兩件事情之間毫無關係。因為當時人們普遍認為，人才濟濟且裝備精良的富蘭克林船隊，打通西北航線是不成問題的，所以那二萬英鎊的獎金肯定會落進他們的手裏。由此可見，重賞未必是好事。可憐的富蘭克林和他的同事們，錢沒有拿到，卻落了一個貪財的嫌疑，在九泉之下是很難瞑目的。

然而，遺憾的是，在富蘭克林出事之後，人們仍然如法炮製。一八五〇年四月，有人懸賞二萬英鎊，獎給那些能夠提供富蘭克林失蹤船隻確切消息的任何國家、個人或集體，用一萬英鎊獎勵能為富蘭克林的命運提供可靠證據的人。由此可見，英國人似乎是過於相信金錢的力量了。不過，這次也算有所收穫。一八五四年，有人從愛斯基摩人那裏打聽到了可靠的消息，據說有四十多個白人死在大魚河地區。消息傳到倫敦，立刻引起了轟動，但因為他提供的只是第二手資料，是從愛斯基摩人那裏聽來的，所以只得到八千英鎊的獎金，另外二千英鎊則分給了他的同事。

還有一個有趣的事實是，富蘭克林的悲劇正是歐洲兩次戰爭之間的一個不大不小的插曲。如上所述，英國人這新的一輪向北極進軍，是在拿破侖戰爭之後掀起的，到富蘭克林的最後一次探險達到了高潮。九年以後，即一八五四年，克里米亞戰爭爆發，吸引了公眾的注意力，人們對富蘭克林命運的關注就漸漸地淡漠下去了。這年三月，海軍部將富蘭克林等一百二十九人的名單從海軍人員名單中刪除了，他們認為，這些人肯定都已經死去。

但是，富蘭克林的妻子對此卻提出了抗議，因為她堅信，自己的丈夫還活著，堅決要求海軍部繼續努力。在遭到拒絕之後，她傾其所有，買了一條蒸汽輪船「狐狸」號，於一八五七年再次進入北極地區搜索。兩年之後，即一八五九年五月，他們終於到達大魚河地區，只見那裏屍骨成堆，遺物遍地，從槍枝到設備，從餐具到衣服，散落在雪地上。有的屍骨已被支解，七零八落，而有的還相當完好，穿著整齊的制服。那情景令人毛骨悚然，陰森恐怖。這似乎正好應了富蘭克林那兩艘早已不知去向的航船的名字，一艘叫「陰陽界」，一艘叫做「恐怖」號，不知是偶然的巧合，還是什麼內在的聯繫。

後來，有人在附近發現了一個用沙石堆成的土堆，從裏面挖出了富蘭克林探險隊所留下的最後一張紙條，寫於一八四七年五月二十八日和一八四八年四月二十五日。其中，後一段文字明確地記載了富蘭克林爵士已於一八四七年六月十一日死去。至此，富蘭克林的命運總算是真相大白了。

最後，也許應該為富蘭克林夫人說幾句話。作為一個具有獨立見解和自由思想的女性，直到三十歲才和已經五十九歲的富蘭克林結婚。婚後不久，富蘭克林便踏上了征途。而在此後的救援活動中，她所表現出來的堅強決心和非凡毅力令廣大公眾折服，因而贏得了人們的崇敬，成為英國歷史上少有的巾幗英雄。這在當時那種條件下，在極其保守的大英帝國，實在是難能可貴的。

南極之路

庫克的功績

無論是談到北極還是南極的早期探險和考察，總是要提到庫克這名字，因為他是十八世紀最偉大的航海家和探險家，在人類的航海史上創造了極其輝煌的業績。

一七二八年十月二十七日，詹姆斯・庫克出生在一個貧窮的蘇格蘭家庭裏，十幾歲就到船上去當水手，從此便與大海結下了不解之緣。由於他勤奮好學，能力超群，一七五五年終於加入了英國海軍，不到四年便升為船長。從一七六三年開始，他用了四年的時間，指揮船隻對北美東北部的拉布拉多半島、紐芬蘭島和新斯科舍等島嶼沿岸進行了調查。返回英格蘭之後，他被任命為皇家海軍上尉。那時候，大英帝國正在雄心勃勃地準備往外擴張，於是便交給庫克一項秘密任務，讓他往南去尋找尚未被人所知的土地。一七六八年八月二十六日，庫克率領兩艘船隻從普利茅斯出發，開始了第一次遠航，也是他的第一次環球航行。在這次航行中，他用了三年的時間，重點調查了澳大利亞和新西蘭，於一七七一年七月十三日返回英格蘭。

經過相當周密的籌劃和準備之後，一七七二年七月十三日，受大英帝國海軍部的委託，庫克船長再次揚帆遠航，終於吹響了人類向南極進軍的戰鬥號角，開始了他環繞南極的偉大航程，掀起了對地球上最後一塊未知大陸的探索。

從一七七二年十二月到一七七五年三月，庫克船長用了三個南半球夏天的時間，經過相當艱苦的奮鬥之後，成功完成了人類歷史上第一次環南大洋的航行。這期間，他至少有兩次穿越了南極圈，創下了人類南進的新記錄。最後，他以堅強的決心和極高的駕駛技術，衝破了浮冰的阻擋，戰勝了暴風的吹襲，把二百六十二噸重的帆船「果敢」號開到了南緯七十一度十分的地方，離南極大陸的海岸只有二百四十公里（當然，他當時並不知道這一點），因為遇到了厚實的堅冰而不得不返航。

一七七五年三月二十三日，庫克率領船隊回到了好望角。當時，他以滿意的心情回顧說：

> 現在，我已經完成了這次高緯度的環南大洋的航行，在我們所到的地方，是沒有大陸存在的。因此，我可以自誇地說，這次航行所有的目的都已經圓滿地達到了，對南半球已經進行了充分的考察。自古以來的地理學家和近兩個世紀以來的航海家，尋找南大陸的夢想接近結束了。也許，在南極附近有一塊大陸或有一片很大的土地，我不否認，而且我們可能已經看到了它的一部分。如果將來有誰證明了這一點，我將不會嫉妒他發現新大陸的榮譽，但我願意大膽地說，世界將不會從這塊土地上得到什麼好處。

一七七五年七月，庫克率領船隊，勝利地回到了英格蘭。

庫克的功績在於，他以大無畏的進取精神，歷盡千難萬險，駕駛著簡陋的帆船，完成了繞南極的航行，首先探明了在南緯六十度以北是沒有大陸存在的，並且使人類的足跡終於踏入了南極圈以南。而他的聰明之處則在於，雖然他未能發現新大陸，但卻為自己留下了充分的餘地。然而，他對這塊未知土地的大膽的預言，卻是大錯而特錯的，因為，後來的事實證明，人類不僅能從南極大陸得到許多好處，而且，南極大陸的存在，對於人類的生存和發展是至關重要的。

庫克還有一個功勞，即在南喬治亞島附近發現了極其豐富的海豹資源。當他凱旋歸來，報告了這一消息之後，大大地刺激了人類對這一資源的開發和利用，在捕獲的高潮期，一個季節就有一百多艘美國、英國及其他國家的船隻湧到南極水域作業。結果是，雖然有人發了大財，但可憐的海豹們卻幾乎遭到滅種之災。

一七七六年七月十二日，已經升為海軍上校的庫克再次出征，這次遠航的任務是從太平洋一邊去探索西北航線。共有兩艘船參加了這一行動。他們繞過好望角北上，途中發現了夏威夷，庫克當時稱之為三維治島。然而，當他們穿過白令海峽進入北冰洋之後，卻為堅冰所阻，發現那裏根本就沒有可以航行的路，只好返回夏威夷去修理船隻。在這次航行當中，庫克第一次探明了亞洲和北美大陸之間有一條海峽。為了紀念偉大的航海家白令，他便把這一海峽定名為「白令海峽」。

一七七九年二月十四日，這位馳騁全球的偉大航海家，卻在一次與夏威夷土著人的衝突中被殺。儘管他在所有的航行中，都特別注意照顧自己的人員和下屬，並且在所有考察中，都特別強調和平的努力，而且卓有成效，但最終還是死在愚昧與暴力的屠刀之下，實在令人惋惜。

　　庫克雖然沒有科學背景，但他努力學習數學，以便賦予每次航行以盡量多的科學意義。他繪製的航海圖力求精確。一七六六年，他曾經觀察到一次日蝕，並利用它測定了紐芬蘭的經度。他也是第一個注意到，並且實際應用新鮮的酸橙汁來防治壞血病的，這在當時的極地探險和考察中可以挽救許多人的生命，具有特別重要的意義。

阿蒙森的勝利

到了十九世紀後期，在富蘭克林的悲劇以後，人們的注意力漸漸從北極轉向了南極。在這個舞臺上，又造就出了一大批可歌可泣的傳奇式人物。

阿蒙森一八七二年出生在一半國土是在北極圈以內的挪威，所以，在少年時期他就立下了征服北極的雄心壯志。長大之後，便奮不顧身地投入了南北兩極的探險事業。為了取得經驗，一八九八年，他曾作為大副隨比利時船隊到南極去探險。這支探險隊沿南極半島的西海岸作了大量實地測量和科學考察，取得了豐碩的成果。三月三日，他們的船隻突然被凍住了，這場意外事故一直持續了幾乎一年，直到一八九九年二月十四日，被夾持的船體才好不容易地從冰層中解脫出來。這是人類第一次在南極越冬，雖然並非心甘情願，但對阿蒙森的探險事業來說，卻是一段極重要的經歷和鍛練。

此後，他的注意力又轉向了北極，並曾領導過三支探險隊深入北極考察。一九〇六年，阿蒙森經過艱鉅努力之後，終於在人類歷史上，第一次成功地打通了西北通道，從大西洋順利地航行到了太平洋，這一輝煌的成就使他聞名於世，也更加堅定了他的雄心壯志。

一九〇九年，當他樹起科學考察和征服北極的大旗，正躊躇滿志地準備組織一次新的北極探險，以實現自己兒時起就有的強烈的夢想時，出乎意料之外的是，美國人皮爾里卻捷足先登，於一九〇九年四月六日乘狗拉雪橇首先到達了北極點。這對幾乎夢想終生的阿蒙森來說，無疑是一個極其沉重的打擊。但是，作為一個傑出的探險家，他並沒有氣餒，而是見機行事，立刻改變計劃，將自己的心思悄悄地轉向了南極。

阿蒙森是一位意志堅強、抱負不凡、雄心勃勃、行動縝密的探險家，雖然他所採取的手段往往氣勢逼人，但他在屢次探險中所表現出來的才能確實是令人佩服。一九一〇年八月，阿蒙森駕駛符蘭姆號航船從挪威出發，一直往南航行，那時候巴拿馬運河還正在修建之中，所以必須繞過南美洲南端才能進入太平洋。因此，不僅瞞過了公眾的注意，就連符蘭姆號上的水手們也認為他們是要穿過白令海峽去征服北極的。隨隊準備去考察北極的幾位科學家對阿蒙森的真正意圖也一無所知，他們都先期到達了舊金山，在那裏眼巴巴地等待著符蘭姆號去接他們呢。然而，阿蒙森卻並沒有把科學考察看作是這次探險的主要目標，他唯一的希望和夢想就是去首先征服南極點，以便為他計劃中的北極探險籌集更多的資金。途中，他給當時還在紐西蘭正準備向南極點挺進的英國探險家斯科特拍了一封簡短的電報說：「正向南行進。阿蒙森。」

一九一一年一月，符蘭姆號到達了羅斯海，並很快就在鯨魚灣建立了基地。阿蒙森的計劃慎重而周密，他的隊員都富有冰上經驗而且都是滑雪能手。作為一個領導者，阿蒙森對所有人員的健康都非常關心，他特別注意防止壞血病，因此，他保證所有人員整個冬天都能吃上新鮮的海豹肉、全粉麵包、熱蛋糕和保存得很好的新鮮水果。而這正是贏得勝利的根本保證。

除此之外，阿蒙森的精明還在於，他深知狗的重要，因為狗不僅是他們唯一的動力，而且也是他們重要的食物來源，所以他對狗關懷備至。儘管他本人就是指揮狗的專家，這是他在北極考察時從愛斯基摩人那裏學來的。但為了把狗養好，他還專門選了一個養狗專家隨隊前往。阿蒙森清楚地認識到，只要運輸上或食品上有一點點不足，就會造成永遠也無法挽回的災難性後果。因此，他行軍時所攜帶的運輸工具和食品儲備都遠遠超過正常的需要量。他沿途建立了許多供應品儲藏點，並且把隊員和狗都訓練得井井有條，組織嚴密。

一九一一年十月十九日，阿蒙森利用狗拉雪橇，輕裝前進，開始了具有歷史意義的向南極點進軍。他們分乘四架雪橇，每架雪橇用十三隻格陵蘭的愛斯基摩狗拉著，浩浩蕩蕩地往南極點進發。阿蒙森的運氣極佳，就像當年皮爾里進軍北極點一樣順利，一行五人不怎麼特別費勁地就走過了征途的一半。後面的一段則是爬山坡。爬到山頂以後，他們便把大部分狗都殺掉，把肉貯藏起來準備作為回程的口糧，只留下了最強壯的十八隻狗拖拉著行李繼續前進。這時他們的精力還很充沛，因而，當他們開始橫越南極高原時，仍能日行三十二公里。

關鍵時刻到來了。一九一一年十二月十四日，天氣晴朗，這在南極是少有的。經過長途跋涉之後，阿蒙森一行終於完成了向南極點的最後衝刺，挪威國旗在空中高高飄揚，嘩嘩作響，這一巨大的榮譽得來是如此之容易，似乎萬能的上帝給了這幾個挪威人以特別的關心和照顧。

阿蒙森清楚地知道，他們的競爭對手斯科特就在後面不遠，用不了多久就會趕到的，於是他採取了一個挑釁性的行動，即給斯科特留下了一張便條，請他轉遞一封信給挪威的國王哈康二世。

回程同樣順利到近乎好玩的程度。在半路上，阿蒙森便興高采烈地在日記中寫道：「我們剩下的餅乾如此之多，簡直可以到處扔。」

一九一二年一月五日，他們成功地返回了符蘭姆號。因為來去是如此之神速，以致使那些等在船上的水手們見到他們時都大吃一驚，還以為他們的探險已經失敗了呢，所以，當他們回到船上時，水手們都小心翼翼，對他們格外客氣。

斯科特的悲劇

一九〇一年，有來自英國、德國和瑞典的三支探險隊幾乎同時開往南極。與以往不同的是，這三支探險隊都把自己主要的力量集中於科學考察而不是地理探索，因此取得了地磁、地質、生物和氣象等第一批有價值的研究成果。除此之外，還有一個很重要的特點，就是這三支隊伍並不像以往那樣各自為戰，而是在英國皇家地理協會的精心組織下，分工合作，互相配合，沿不同的路線對南極大陸的幾個地區進行了卓有成效的實地考察，這一壯舉為人類在南極研究中的國際合作樹立了一個良好的榜樣和開端。

其中，英國的探險隊是由一位年僅三十三歲，年青英俊的海軍中校斯科特率領的。在連續三個南極夏天中，斯科特率領全體隊員進行了範圍廣泛的科學調查，並親自乘坐氣球升入空中，對羅斯冰架進行了觀察。還率領一個小組深入到南極高原，到達了南緯七十七度五十九分的地方。

其實，在此之前，斯科特既不是科學家，也不是探險家，而是一名年青有為的魚雷專家。

然而，人的命運（如果有的話）是難以預料的。三年的考察生活不僅徹底地改變了他的生命歷程，並且使他過早地走到了命運的終點。

斯科特雖然沒有什麼科學背景，但他給人的形象是一個有紀律、有熱誠的少壯軍官，而這正是開拓未知領域所需要的一類領導人。而且事實證明，他不僅是一位傑出的科學考察組織者，同時也是一位相當不錯的作家。回到倫敦之後，他被晉升為船長，並且著手籌劃更加雄心勃勃的探險計劃。

經過相當長的精心謀劃和籌備之後，斯科特率領大英帝國的考察隊於一九一一年一月三日到達了羅斯島，並沿途進行了地磁和海深測量。十個月之後，即一九一一年十一月二日，也就是在阿蒙森率隊從羅斯海對面的鯨魚灣出發十四天以後，斯科特考察隊也從麥克默多基地向內陸進發。按照斯科特的精密計算和冬季中從基地出發的試行軍實踐，以及他本人以前深入內陸冰原的幾次探險的經驗來看，他認為他的計劃是切實可行，萬無一失的。

然而，事實遠非如此。使他出師不利的是，首先在動力上出了問題。與阿蒙森不同的是，斯科特決定用摩托車、西伯利亞矮種馬和狗同時作為前進的動力。但摩托車很快就壞掉了，而馬和狗的行進速度很不一樣，難以駕馭，所以進展緩慢。剛剛到達羅斯冰架，狗就已經凍得受不了了，只好將它們放回去，只用矮種馬拉著雪橇前進。越過冰架不久，馬也不行了，只好改用人力拖著沉重的雪橇前進，而這時候離南極點還有一千六百多公里！

老天也不作美。儘管喜怒無常的上帝對阿蒙森給予了特別的仁慈，但對於同時在南極高原上行進的斯科特卻顯得格外的嚴厲。連綿不斷的暴風雪延誤了他們的行程，不僅如此，呼嘯著的狂風還把積雪堆成一個個的小丘，擋住了他們的去路。由全副披掛、行動遲緩的人，拖著一百五十九公斤重的雪橇，在如此凹凸不平的冰原上前進，其艱難程度是可想而知的。

一九一二年一月四日，探險隊一行八人經過千辛萬苦，終於到達南緯八十七度三十二分，離南極點只有二百四十一公里了，斯科特遣回最後一個支援小組，繼續向南極點衝刺。這時只剩下五個人了，他們是：斯科特，四十三歲；威爾遜，三十九歲；埃文斯，三十七歲；奧茨，三十二歲；鮑爾斯，二十八歲。平均年齡三十六歲。

經過兩個半月疲憊不堪的長途跋涉之後，他們五人終於於一九一二年一月十七日到達了夢寐以求的南極點。然而，展現在他們面前的，是高高飄揚在那裏的挪威國旗，和深深印在雪地上的阿蒙森等人的腳印。對那些付出了極大代價的大英帝國的勇士們來說，屈居亞軍決非他們的願望，這對他們的自尊心無疑是一個極其沉重的打擊，就像是在他們本來就很寒冷的頭上又澆上了一盆涼水，使他們大為沮喪。在返回的路上，他們一蹶不振，灰心喪氣，完全失去了先前那種進取的信心和勇氣。由於極度的疲勞和難忍的寒冷，凍傷了手腳的大力士埃文斯首先死去。幾天之後，船長奧茨也相繼去世。三月十九日，斯科特等三人來到了離他們最近的食物補給地只有十八公里的地方，似乎是勝利在望了。然而，天有不測風雲，不幸的是，他們遇上了南極那種特有的狂風，被封在帳篷裏一連幾天動彈不得。最後，終因食物和燃料消耗殆盡，三個人只好束手待斃。

八個月以後，即一九一二年十一月十二日，搜索隊終於找到了幾乎被積雪掩埋了的斯科特等人的帳篷。在他們的屍體旁邊發現了斯科特的日記和他寫給威爾遜夫人、鮑爾斯的母親以及他的好友巴瑞的信。斯科特的日記一直寫到了三月二十九日。

在一月十八日的日記中，他寫道：

> 好，現在我們以背對著我們原來的目的地，必須面對約一千二百八十公里費力的拖拽，再見了，我們的大部分夢想！

而在最後一頁，他寫下了如此沉重的文字：

> 從二十一日起，我們就遇到了連續的大風……。二十日那天，我們所剩的食物就只

夠吃兩天了，所剩的燃料也只夠為每人燒兩杯茶。我們每天都準備出發到離這裏只有十一英里的基地去，但帳篷外面的大風使我們寸步難行。我想我們是沒有什麼希望了。當然，我們將堅持到底，但我們愈來愈虛弱，離最後的時刻已經不遠了。

看來好像很遺憾，但我實在不能再寫下去了。

最後，他那虛弱的手用盡了所有的力氣又補充上一句：

看在上帝的面上，務請照顧我們的家人。

令人感嘆不已的是，在他們附近還發現了重達三十五磅的地質標本。請設想一下，在當時那種極端艱難困苦的條件下，每前進一步都要付出極大的努力，但他們卻能置自己的生死於度外，竭盡全力將這些沉重的標本一直拖到最後一步，這需要多大的決心和毅力！這需要何等的精神和勇氣！

餘波後議

一場體育比賽結束的時候，人們自然會為冠軍鼓掌，當然也會為亞軍歡呼，但過去之後，很快也就忘記了。但是，阿蒙森和斯科特的這場心照不宣的競爭，卻遠非如此簡單。也許是因為事關重大，而且阿蒙森的勝利來得是如此之容易，而斯科特的結局又是如此之悲慘的緣故吧，因而，不僅在當時曾激起了一陣軒然大波，而且即使八十年以後的今天，似乎仍然是漣漪猶存。因此，我們不妨舊事重提，再來湊趣，以一個局外人的身份簡單議論上幾句。

是的，別的暫且不論，就這件事情本身而言，萬能的上帝似乎是很不公平的，他對阿蒙森特別寬厚，而對斯科特卻過於嚴厲。但是，我認為，在這場精心動魄的競賽當中，天氣固然影響很大，但卻並非是決定性的因素。那麼，什麼是決定性因素呢？當然是人。因為，這場競爭的實質，就是人與大自然的較量。因此，讓我們首先來看一下這兩支隊伍的人員組成情況。

就其領導人來說，如前所述，阿蒙森雖然比斯科特年輕，但他卻是職業探險家，不僅在南極越過冬，而且還領導過三次北極探險，是西北通道的首航者，因而經驗豐富。而斯科特卻是半路出家，只領導了一次南極探險，對北極的情況一無所知，所以從經驗上來說，比阿蒙森就相差了一個數量級。

由於地理環境和社會背景迴異，阿蒙森的隊員個個都是滑雪能手，富有冰上經驗，適應寒冷的氣候。而斯科特的隊員多是來自軍隊，所以派頭十足，其中有兩個人是作為志願人員雇用而來的，每人還得到了一千英磅的佣金。他們都不會滑雪，也沒有在極端寒冷條件下如何求生存的充分的思想準備。

而最關鍵的差別，則是他們關於動力的不同考慮。阿蒙森選擇用狗作為主要動力實在是非常高明的，因為這不僅節省了人的體力，而且還為漫長的征途預備了口糧。斯科特因在第一次南極探險中發現拉雪橇的狗胃口太大，沿途又沒有可供獵取的動物來餵養它們，所以決定改用矮種馬和摩托車，而這正是他最大的失誤。

還有，阿蒙森的隊伍訓練有素，組織嚴密。他對隊員們的健康非常關心，使他們個個精力充沛，具有很好的體力和心理素質。而斯科特的隊伍組織很差，屢出差錯。例如，他們本來攜帶了三輛雪上摩托車，但在卸船時有一輛卻掉到海裏去了。而在他們返回的途中，本來口糧就非常缺乏，但他們卻發現，在途中所儲存的餅乾中，有一箱竟然是沒有裝滿的，相當於減少了五個人一整天的口糧，這是生命攸關的大錯誤！更加令人啼笑皆非的是，有人甚至還帶了一輛自行車。在南極這種地方，自行車毫無用途，應該是極普通的常識。而且，斯科特對於食物也漠不關心，雖然缺乏維生素能夠引起壞血病已經盡人皆知，但英國隊員卻仍然依靠白麵包和大量的罐頭過日子，很少能吃到新鮮的海豹肉，偶爾吃一頓，也是按照英國的習慣，煮得爛爛的。

因此，捨棄自然因素不算，早在出發之前，這場競賽的結局其實就已經可以看出個八九不離十了。其實，斯科特本人似乎也已經意識到了這一點。一九一一年十月二十三日，當他得知阿蒙森已經從羅斯海另一邊的鯨魚灣出發的消息時，他的隊伍還需要一星期才能整頓到可以啟程的地步。他在信中寫道：

> 我不知道應該怎樣來看待阿蒙森的機會。如果他能到達南極，那就必然會在我們之前，因為他們利用狗必然會走得快……我在很早以前就決定要嚴格按照我應採取的步驟行動，就像阿蒙森並不存在一樣。任何競賽的企圖必然要打破我的計劃；而且，我們出發來探險，根本不是為了競賽……你們必須有心理準備，要知道我們這項事業很有可能會變成一件被大為貶低價值的事。

次。

由此可見，斯科特確實具有科學的頭腦和紳士的風度，志在科學考察，而把名譽放在其次。

但是，人們保持超然態度的能力總是有一定限度的，在通常情況下大可風度翩翩，處之泰然，但到關鍵時刻，心情就會大不一樣的。斯科特也不例外，他的日記就清楚地表明了這一點。

一月十六日。最壞的事情發生了……，大約兩個小時以後，鮑爾斯尖銳的眼睛望見了一個東西，雖然他有點懷疑，但他還是認為那一定是個雪堆。半小時後我看到了前面有個黑點。我們很快就知道了，這不可能是雪堆。又走了一會，我們看到了綁在雪橇上的一面黑色的旗子。……地上是來來往往的雪橇和滑雪板的痕跡，以及一大群狗的腳印，這就清清楚楚地告訴我們，挪威人已經走在了我們的前頭，他們將第一個到達南極點。我們大為沮喪，我為我的同伴們感到內疚。我們的希望成了泡影。明天我們必須繼續前進，我們一定要到達南極點，然後以最快的速度返回去。返回的路程將是非常艱難的。

一月十七日。南極點。我們度過了極其可怕的一天，狂風大作，寒冷刺骨，再加上我們的失望和沮喪，大家的手腳都凍僵了。

我們於早晨七點半出發，由於失望帶來的痛苦，昨天夜裏大家都沒有睡好。……天哪！這實在是一個極其可怕的地方，我們費了九牛二虎之力才來到這裏而一無所獲。……現在我們又必須掙扎著往回趕。我真懷疑我們是否能夠做到這一點。

由此可見，斯科特雖然說並不想與阿蒙森比賽，但最後的結果對他的打擊仍然是非常之大的，或者說是致命的。如果結局正好相反，即斯科特先於阿蒙森，那麼，這場悲劇很可能就不會發生。

儘管如此，他們仍然無愧為真正的英雄。二月十七日，大力士埃文斯因備受凍傷折磨而精神崩潰，極度虛弱，陷入昏迷而死去。後來，奧茨船長也開始經受凍傷之苦，而氣溫又在逐日降低，忍受了三個星期的巨大痛苦之後，有一天早晨他問其他人認為他應該怎麼辦。斯科特寫道：「我們無話可說，只能鼓勵他盡可能繼續前進。」三月十七日，暴風雪降臨，當人們都擠在帳篷中躲避的時候，奧茨艱難的站了起來，說道：「我到外面去走走，可能要多一些時間。」於是，這個身材高大的皇家禁衛軍軍官面對死亡，步履蹣跚地消失在冰天雪地的世界裏，而把生的希望留給了他人。斯科特寫道：「這是勇士的行為，也是英國紳士的行為。」而在另一封信中，他寫道：「如果我們能夠活下去，我會把我的夥伴的剛毅、頑強、勇敢和忍耐精神講給每一個英國人聽，以激勵他們。」

時間很快，轉眼幾十年過去了，他們的事蹟都放進了博物館，他們的名字也已經為世人所熟知。但是，前車之覆，後車之鑑，由這一事件所引出來的經驗教訓卻仍然值得人們去深思。阿蒙森的成功在於他周密的計劃，充分的準備，精明的組織工作和堅韌不拔的毅力，他首先到達南極點，為人類向南極內陸進軍打通了道路，其功勳卓著，是永遠也不可磨滅的。但是，他不宣而戰，急於求成，忽視了重要的科學考察，甚至連一篇像樣的記錄都沒有，拿現在的話說，就是頗有點錦標主義之嫌，因而受到了人們的批評。而斯科特的失敗則主要是因為他的組織工作欠佳，計劃脫離實際所造成的，再加上遇到了惡劣的氣候，結果全軍覆沒。但是，斯科特重視科學研究，沿途搜集了大量資料和標本，並做了詳細筆記。特別是他的日記，成為探險活動中的不朽的文件之一，可以說這是他為人類所留下的一座紀念碑。這種不圖虛名而務實際的精神，自然得到了人們的普遍尊敬。

說到這裏，還有一點題外的話，作為一個小小的插曲。一些作者在褒獎斯科特的同時，往往要對阿蒙森加以貶斥，說他「是一個傲慢的傢伙」、「是一個很壞的競爭對手」等等。的確，阿蒙森確實有點不擇手段，咄咄逼人。但是，應該指出的是，他拼命地搶先卻並非完全為了撈取個人榮譽，而是為了為進一步的北極探險募集資金。而且，後來他本人也獻身於北極探險中，所以我想，這點過失是應該可以諒解的。至於因為同情斯科特而遷怒於阿蒙森就更加大可不必了。當然，如果說這件事能給人以什麼啟示的話，那就是：身處逆境而勇於拼搏，面對危險而敢於奮進，才有可能成為強者。

另外，還有一點似乎也值得一提。據說，英國人對於阿蒙森一路上殺狗而食之極為反感，這也成為人們不喜歡阿蒙森的重要原因之一。我們中國人既不像愛斯基摩人那樣對待狗是如此嚴厲和殘忍，也不像英國人那樣對待狗是如此仁慈和寵愛，因此也許可以說句公道話。實際上，這正是阿蒙森的高明之處。是的，狗確實很可愛，而且一路上拖著雪橇，辛辛苦苦，真是立下了汗馬功勞。但狗畢竟不是人。因此，當人和狗不能並存時，捨狗而保人則是天經地義的事。可惜斯科特沒有到北極去過，如果他也能在愛斯基摩人中生活一個時期，我想他的觀點也許就會改變的。請設想一下，如果斯科特等人在危急關頭時，身邊還有幾條狗可以殺而食之的話，他們很可能就不會遭此厄運了。

沙克爾頓精神

實際上，第一個試圖征服南極點的人，既不是阿蒙森，也不是斯科特，而是年輕、結實、浪漫、自信的愛爾蘭人沙克爾頓，他十六歲時就揚帆出海，抓住機會跟隨斯科特遠征南極，夢想著到未知的南方去爭取更加引人注目的成就。他曾幫助斯科特拉雪橇作第一次深入南極內陸的行軍，倒霉的是患上了壞血病，致使他本來是很強壯的身體變得虛弱起來，斯科特則認為他不適宜於探險而把他送回老家。從不認輸的沙克爾頓認為這是對他莫大的羞辱，因此發誓一定要向斯科特和全世界表明，他對探險事業的決心和能力。

一九〇七年，沙克爾頓爭取到了澳大利亞和新西蘭政府及一些團體和個人的資助，組成了一支探險隊第二次遠征南極。他雄心勃勃，想同時囊括南極探險中的兩大目標，即首先到達南極點和磁南極點。他將隊伍一分為二，自己帶領一個小分隊向南極點挺進，而另一個小分隊則由澳大利亞教授戴維博士率領，準備爬上冰蓋，從另一條路線往磁南極逼近。

一九〇九年一月九日，經過周密計劃和相當艱苦的努力之後，沙克爾頓和三個夥伴終於挺進到南緯八十八度二十三分的地方，離南極點只有一百六十一公里了，但因缺乏體力和口糧而只好放棄。雖然萬分遺憾，卻也創下了人類南進的新紀錄。當然，如果這次他們真的到達了南極點，也就不會有斯科特後來的悲劇了。雖然沙克爾頓能夠克制自己一舉成名的強烈願望，當機立斷地往回返，但在回程的路上，他們四個人仍然差點死掉。暴風雪使他們一再迷失方向，並都嚴重凍傷。而當他們竭盡全力，好不容易地來到一個糧食儲備點時，卻吃驚地發現，這裏沒有糧食而只有煙草。由此可見，在極地探險中，任何一點點馬虎，都是生命攸關的！後來，大概因為吃了他們儲藏起來的最後一匹矮種馬的屍體，結果又都得了痢疾。不過還好，他們總算排除萬難，最後終於返回了基地。

就在他們接近南極點的同一個星期裏，由戴維教授率領的小分隊在南緯七十二度二十五分，東經一百五十五度十六分的地方觀測到了磁南極點，並且在那裏升起了英國國旗。

沙克爾頓這二千七百四十公里的艱難行軍，被尊為是南極探險中最偉大的功績，因此在歐洲各國被封為爵士。戴維教授也因發現了磁南極點而得到了同樣的殊榮。在這次探險和考察中，沙克爾頓攜帶了一部電影攝影機，拍下了第一部有關南極的記錄片。這部電影引起了人們極大的興趣。

說到戴維教授，還有一段有趣的插曲。就在這次深入南極大陸之行中，他已經是五十歲的人了。有一天，他的助手莫森（後來成為澳大利亞有名的探險家）正在帳篷裏忙碌著，忽聽到他在外面用低沉不清的聲音叫道：「莫森，你很忙嗎？」

「我忙著呢，幹什麼呀！」莫森應道。

「你真的是非常忙嗎？」

「是非常忙。」莫森說，他當時正在作某種複雜的計算，「你要什麼？」

沉默了一會，戴維教授吃力地說：「我掉到冰縫裏了，恐怕抓不了很久了。」

莫森一聽，大吃一驚，趕緊扔掉手中的活兒奔了出去，好不容易才把他從冰縫陡壁上拉了上來。戴維教授這種即使生命攸關也不忘保持紳士風度的精神，實在令人佩服之至。

沙克爾頓是一個健如雄獅，英勇頑強，不達目的誓不罷休的人。一九一四至一九一六年，他從英國政府、皇家地理學會和一些私人團體籌劃到足夠的資金，又開始了一次更加雄心勃勃的南征，計劃橫穿整個南極大陸，從威德爾海經過南極點到達羅斯海。他把隊伍分成兩個小組，一個小組從羅斯海登上了羅斯冰架，並把給養放在指定的地點，以供橫穿小組使用。他本人則率領另一個小組試圖從威德爾海登陸。在當時的條件下要完成如此宏大的目標和任務，困難實在是太大了，因此有人把這次行動稱之為是愚不可及的冒險。果然如此，一九一五年一月十二日，他們剛剛到達威德爾海不久，船就被凍住了，浮冰挾持著船體一起往西北漂動，並於一九一五年十月二十七日被擠破裂後沉沒。全體隊員擠在一塊浮冰上，漫無目的地漂流了一年零三個多月，於一九一六年四月爬上了一個小島子。然後，沙克爾頓和五個同伴駕著一隻敞開著的只有七米長的救生艇，在林立的冰山之間與狂風巨浪展開了英勇搏鬥，苦戰十四天，航行一千三百多公里，全身濕透，饑寒交迫，終於到達南喬治亞島，在極端困難的條件下翻過了三座山頭才找到了挪威的捕鯨基地，終於使全體人員安全脫險。

羅斯海上的小組並不知道沙克爾頓這邊的情況，他們經過艱苦奮戰，終於把成噸的物資運送到了指定地點，卻有三個人獻出了寶貴的生命。

雖然這次過於雄心勃勃的探險以徹底失敗而告終，但沙克爾頓這種堅韌不拔的毅力、百折不撓的精神，以及不顧個人安危，而去救援他人的品格，卻受到人們廣泛的稱讚。

一位曾經跟隨斯科特到南極考察的科學家在提到上述的三位英雄時作過這樣一段精闢的評論：「若要選擇一位科學考察的領導人，請給我斯科特；如果要作一次迅速而有效的南極探險，當然是阿蒙森；但是，當事情變得毫無希望，陷入了上天無路、入地無門的困境時，那就只好跪在地上，祈求沙克爾頓。」

這三位英雄都把自己寶貴的生命獻給了人類向兩極進軍的偉大事業。斯科特死時只有四十四歲；沙克爾頓在一九二二年剛滿四十八歲時，死於南喬治亞島上的一次崩塌事故中；阿蒙森雖然精明幹練、老謀深算、經驗豐富、謹慎小心，但也最終敗在大自然的手下，於一九二八年死在一次北極探險中，當時只有五十六歲。

人世間有各種各樣的英雄，但若從其奮鬥目標來分，無非兩大類，一類專同人間邪惡作鬥爭，伸張正義，打抱不平，疾惡揚善，氣貫長虹，正因為有了他們，社會才能進步，人類才得安寧，從無序到法制，從戰亂到和平。另一類則敢於向大自然挑戰，開天闢地，赴湯蹈火，走南闖北，上下求索，正因為有了他們，科學才能發展，知識才得擴充，從愚昧到理智，從野蠻到文明。

科海縱橫

從聖經說開去

上帝到底存不存在，一直是個爭論不休的問題，而且還將繼續爭論下去。但聖經卻是客觀存在，儘管其中的故事是否真實還有待於去考究，但作為寶貴的文化遺產，其價值是不可低估的。如果我們只把它看成是一本書，那麼可以肯定地說，它是人類歷史上發行量最大，普及面最廣，因而對人類的思想觀念影響也是最大的書。

聖經中，開宗明義第一篇，就是創世紀。說的是，上帝在創造天地之前，一切都是空虛、混沌而黑暗的。於是，神來了，第一天創造了光；第二天造了空氣；第三天創造了陸地、海洋、青草、菜蔬、樹木和果子；第四天創造了太陽、月亮、眾星和晝夜；第五天創造了魚和鳥，以及牲畜、昆蟲、野獸等；第六天則照著自己的形象創造出了人，並讓人來管理這一切。為了讓人能夠活下去，上帝便把地上一切結種子的菜蔬和樹上一切有核的果子賜給人類做食物。而把青草賜給走獸，飛鳥和在地上爬行的有生命的東西做食物。這樣便大功告成了。第七天，大概是因為一口氣造了這麼多東西，累得實在受不了，只好歇息了，這一天便定為聖日。

那麼，人是怎樣管理上帝交給他的一切呢？不幸的是，從一開始，人就違背了上帝的意志。先是夏娃和亞當偷吃禁果，雖然眼睛明亮了，看見了彼此的身體，從此而知道害羞，只好用樹葉遮起來。否則的話，直到今天，我們的眼睛可能還是模模糊糊，因為看不清彼此長的什麼樣，所以也不知道羞恥，還是赤身露體。因此，我們實在應該感謝夏娃。但是，他們的行動卻觸怒了上帝，因而被逐出了伊甸園。接著，他們的大兒子又殺死了小兒子，開創了人類互相殘殺的先河。以致於使上帝後悔造出了人類，便決心發一場大洪水，把他原來所造的一切都從大地上清除。

然而，即使是神也難免犯錯誤。不知為什麼，上帝在發水之前又起了惻隱之心，或許是不忍心毀掉他所有的勞動成果，於是又偷偷地讓諾亞一家造船逃命，並帶上所有有血有肉的活物公母各一個，使他們在洪水過後，生存了下來，因而才有今天地球上這所有的生命。不然的話，今天的地球也許就會跟月亮一樣，到處都是光禿禿的。

當然，這只不過是傳說，至於宇宙萬物到底是怎樣造出來的，至今還是一個謎。但是，有意思的是，如果仔細地想一想，就會發現，雖然科學發展到今天，但我們所知道的許多事實，卻與聖經裏的描寫，有著驚人的相似之處。

就拿天地來說吧，聖經的第一句話就是：「起初，神創造天地。地是空虛混沌，淵面黑暗。」可以設想，在地球形成的初期，地面上只有水而沒有生物，肯定是空虛、混沌的。但卻並不黑暗，因為那時候已經有了太陽。當然，到了黑夜，也是黑暗的，這也許就是「淵面黑暗」吧。於是，「神的靈運行在水面上」，並說「要有光」，白天就來了。這與創世紀裏的描述何其相似。

其次是水，這是孕育生命必不可少的。神說：「諸水之間要有空氣，將水分為上下。」這可以理解為天上的雲和地上的水，被空氣分為上下，也完全符合事實。

接著，神說：「天下的水要聚在一起，使旱地露出來。」這聽起來有點像是大陸和海洋的起源，或者說是板塊運動或大陸漂移。但是，神到第四天才造出了太陽和月亮。那麼，第一天的光又是從哪裏來的呢？這與實際情況似乎有點不大相符。

最有意思的還是生命。根據聖經的記載，上帝製造生命的順序是這樣的：先造植物，再造動物；先有青草、菜蔬，才有樹木果實；先有水中的生物，才有陸上生物；先有鳥類，才有野獸和牲畜，最後才造出了人類。除了昆蟲造出來的稍微晚了點之外，也許是上帝認為它們太小，故意放在後面再說的緣故吧。其他東西，與我們現在所知道的生物進化的順序是完全一致的。

至於人類，應該說是上帝犯的一大錯誤，而且是一錯再錯，到頭來鬧得不可收拾。從聖經上來看，上帝可以說是錯走了三步棋，一是根本就不應該把人造出來。因為，上帝造人的本意是讓他管理地上萬物的，結果卻適得其反，如果沒有人，地上萬物反而會和諧得多。二是發洪水時不該發善心，既然後悔造人，還留下諾亞一家幹什麼呢？因為人類的本性是很難改變的，即所謂的江山易改，本性難移。三是不應該讓人吃肉。在剛造出人來的時候，上帝只把結種子的菜蔬和有核的果子賜給人類做食物。但是，不知為什麼，到洪水發過以後，卻又善心大發，把所有活著的動物也都賜給人類做食物，結果使得人類成了全方位的殺手，實在是大錯而特錯了。如果人類一直吃素，就像釋迦牟尼希望的那樣，不僅性情會溫和得多，而且動物們也少了一個最可怕的天敵，那麼，現在地球的狀況也許就會好得多了。

實際上，從上帝把人造出來的那一天起，人與上帝的矛盾就開始了。如果站在上帝的立場上來思考問題，那麼就會覺得，人類原來就像是被裝在瓶子裏的魔鬼，一旦把他放出來，局面就很難收拾了。但是，如果站在人類的立場上來想一下呢，又會覺得這是天經地義的事，因為人類畢竟是人類，不會也不應該像其他生物那樣安分守己，容易滿足於現狀，而必須不斷前進，有所作為，不斷發展的，於是便產生了人與上帝之間的矛盾。怎樣來解決這個矛盾呢？那就必須回到我們一開始就提出的問題，即上帝到底是有還是無。如果上帝根本就是子虛烏有，這個矛盾也就不存在了。但是，如果上帝確實存在，人類就得小心行事。

那麼，上帝又是從哪裏來的呢？只有兩種可能，或者是客觀存在，或者是人們想像出來的。

縱觀人類歷史，就會看到這樣一個有趣的事實，即神愈來愈少，人愈來愈多。遠古時期，人口相對稀少，分佈在一些狹小的區域，雖然彼此孤立，極少往來，但卻有一個非常有趣的現象，即幾乎所有的民族，在其文明初期，都曾有過信奉薩滿教的歷史。例如，從我國東北的少數民族，到與西方接觸之前的愛斯基摩人，都曾相信萬物有靈論，一塊石頭，一根樹枝，都是神，你如果不拜拜它，說不定它就會絆你一個跟頭的。為什麼呢？就是因為那時人類對大自然瞭解得實在太少，因而敬畏太多的緣故。隨著文明程度不斷提高，神的數量也就逐漸減少，到古希臘時代，神的數量就已經屈指可數了。例如，在古希臘神話中，就只剩下主神宙斯、太陽神阿波羅、智慧女神雅典娜、月亮女神阿耳忒彌斯、酒神狄奧尼索斯和為人類盜火的造福之神普羅米修斯幾位出類拔萃的人物了。因為那時人類對大自然的瞭解已經深入得多。再到後來，人們便開始只信奉一個神了，例如，基督教只信奉耶和華，即上帝。而伊斯蘭教則只相信阿拉，即真主，若有再敢相信眾神者，則被認為是叛徒。這大概是因為，人類覺得自己的力量已經足夠強大了，有一個神就夠了。由此可見，人和神的關係正好顛倒了過來，即人並不是神創造出來的，而神卻是人想像出來的。

如果真是如此，人們自然會問，人類為什麼要想像出一些神來約束和嚇唬自己呢？這是人和大自然相互關係的產物。人是大自然的一分子，但又必須依靠大自然而生存。然而，人的力量與大自然相比是非常渺小的，但人的欲望卻是無止境的。因此，人對大自然既感恩載德，又神秘恐懼。很想與大自然對話，卻又找不到門路，於是便想像出一些神來，作為大自然的替代物。當對一些自然現象不能解釋時，便歸結為神的力量；當遇到困難不能克服時，便推託為神的意志；當想統治別人或變革社會時，則會以神來作號召；而當自己的命運無法駕馭時，就會自我安慰說，這一切都是神早就安排好了的。總而言之，神既是自然力量的化身，也是精神世界的寄託。既可以用作約束公眾的工具，也可以用作維護統治的盾牌。既可以用來保護自我，也可以用來嚇唬別人。既可以用來解釋未知，又可以用來占卜未來。真可以說是不可一日無此君。

然而，隨著人類對客觀世界瞭解得愈來愈多，神的權威也就變得愈來愈少。例如，當人們還不知道雷電為何物時，便把這個權力交給了雷公公和閃娘娘。但當懂得了這原來是由於摩擦放電的結果，雷公公和閃娘娘便失業了，漸漸丟掉了他們的飯碗和權力。正因如此，雖然現在全世界仍有十至二十億各種宗教的信徒，堅信上帝或真主的存在，卻也出現了愈來愈多的無神論者，敢於蔑視一切神靈和上帝。

說到這裏，自然又想起了東西方文化之不同。例如，來自於印度的佛教，強調的是自我修煉，四大皆空，卻從不提倡對別人的征服。如來、觀音雖然法力無邊，孫悟空折騰了半天也跳不出他們的手心，但卻慈眉善目、大慈大悲、普渡眾生，從不開殺戒。而作為中國傳統宗教的道教，更是以真人老子為教主，從未捧出上帝來嚇唬別人。中華民族祖祖輩輩雖然對玉皇大帝也必恭必敬，逢年過節總忘不了略表心意，甚至還派灶王老爺前去通融幾句，但實際上卻是敬而遠之，對上帝的景仰遠沒有對關雲長那般真心實意。因此，神在中國的地位，並不像在西方那樣崇高和鞏固。

但是，這並不是說，上帝與人類很快就要拜拜了。而是恰恰相反，上帝與人類還會長期共存的，這不僅是因為上帝離不開人類，而且人類也離不開上帝。如前所述，上帝實際上就是未知世界的化身，而未知世界是無窮無盡的，雖然隨著科學技術的飛速發展，人類正在以愈來愈快的速度探索著大自然的奧秘。但是，宇宙是如此之大，奧秘是如此之多，是永遠也探索不完的。更加有意思的是，隨著科學的深入，問題反而愈來愈多。而且，有些問題，用人類現在的思維方式和知識水平是無論如何也解釋不了的。在萬般無奈之下，人們又想到了上帝，在茫茫宇宙當中，是否還有一種到目前為止人類尚未探測到或者根本就無法探測到的力量，設計著宇宙的運行，控制著物質的組合，指揮著星球的運轉，安排著生命的存亡呢？如果真是這樣，那麼，這種力量可能就是上帝。從這個意義上來說，上帝將永遠與我們同在。

六元的宇宙

在我們的語言裏，古往今來若宇，無限廣大若宙，也就是說，宇宙包含了無限的空間和時間兩大因素。這無疑是正確的，但卻並不完全。因為，構成宇宙還有一個極其重要的元素，那就是物質。如果沒有物質，即使有無限廣大的時空，也只是一個空空的殼子。而且，如果沒有物質，也就沒有了人類，即使有個空殼子，還有什麼意義呢？所以要研究宇宙的起源，首先必須搞清這些物質的來歷。

然而，宇宙是如此之大，真是鞭長莫及，而人類所能接觸到的，只有一個小小的地球。當然，現在還多了一個月亮，儘管只在上面待了幾個小時。而對其他星球，則只能靠觀測和猜想而已，其難度之大就可想而知了。

起先人們認為，地球位於宇宙的中心，而其他星球，包括太陽和月亮，都是圍繞地球轉的。就像是有一個圓形的天幕，上面鑲嵌著無數的珠子，不斷地圍著地球旋轉，彷彿一個萬花筒似的。如果能把腦袋伸到幕外，就可以看到另外的世界。在沒有任何觀測手段的古代，人們只能靠直觀來判斷周圍的一切，這是完全可以理解的。

後來，人們發現錯了，因為事實證明，地球是圍繞著太陽旋轉的。於是又認為太陽是宇宙的中心。

從本世紀開始，隨著觀測手段的不斷發展，人類對宇宙的認識也不斷地深入。最初，人們認為，宇宙中只有一個星系，那就是我們所在的銀河系。後來，由於更大的天文望遠鏡的投入使用，結果終於發現，原來宇宙中存在著無數多的星系，銀河系只不過是其中之一。而且，令人驚奇的是，所觀測到的所有星系都在以極高的速度離我們而去。於是，天文學家們認為，宇宙實際上正在飛快地膨脹之中，這就是膨脹論。

一九一五年，愛因斯坦的相對論發表之後，大大推進了人類對宇宙的研究和認識。根據愛因斯坦的理論，人們提出了各種各樣的數學模型，計算的結果表明，宇宙可能是從一個單一的密度無窮大的物質發源並往外膨脹的，這就是所謂的大爆炸理論。根據這種理論認為，在大爆炸之前，所有的物質都集中在一個體積無窮小而密度無窮大的點上。那時的宇宙是以輻射為主，也就是說，到處充滿著放射性射線。因此，人們提出了這樣的預言，即在現在的宇宙中依然存在著微波輻射的背景。結果，一九六四年有人終於觀測出了這種背景，使大爆炸理論又向前推進了一步，因此而獲得了諾貝爾獎金。

現在，多數天文學家比較傾向於大爆炸理論。當然，這也是一種假設而已，依然有許多難以解決的矛盾。例如，很難想像，宇宙中這麼多如此大的星球，最初怎麼可能會都集中到一個無窮小的點上呢？

至於宇宙的密度，根據觀測和計算表明，由已知星系所計算出來的平均密度是在10^{-31}～10^{-30}克每立方釐米之間，分別相當於每十七立方米和一・七立方米有一個氫原子。其化學組成為：七十五％的氫，二十四％的氦和一％的其他元素。而宇宙的壽命則在一百四十億到二百億年之間。也就是說，在二百億年以前，無限的時空照樣是存在的，但卻不像今天這樣充滿物質。那時的物質，全都集中在一個密度高達10^{96}克每立方釐米，體積卻只有一個質子那麼大，其半徑只有10^{-13}釐米。若以常人的觀點想起來，小到地球，大到太陽，乃至整個銀河系和其他許許多多星系的無數多星球，最初卻都包含在那樣一個無限渺小的微粒裏，這簡直是不可想像的。然而，科學家們卻堅信不移，因此只好信不信由你。

但是，有一點卻是可以肯定無疑的，那就是，宇宙是由無限的時空和有限的物質（實際上，宇宙中的物質是一個常數）以及這些物質都在無窮的運動這四個要素組成的。而且，這四個要素缺一不可，否則，就不成其為宇宙了。

當然，宇宙中還有一種更加重要的因素，那就是生命。如果沒有生命，宇宙就是一個死寂的宇宙。而生命中最重要的是人類，如果沒有人類，宇宙的意義也就無從談起。由此可見，宇宙實際上是由時、空、物質、運動、生命和人類這六大元素構成的，也就是說，宇宙是個六元的宇宙。

宇宙的年齡與生死

白天，仰望太空，那碧藍的天幕覆蓋著大地，總會使你遐思飛揚，覺得那深邃的宇宙，隱藏著無窮的奧秘。無論是驕陽似火，還是風和日麗，都會引你浮想聯翩，這無窮無盡的光和熱是從哪裏來的呢？

夜晚，凝視繁星，閃閃發亮，充滿了深邃的太虛，又會使你不禁懷疑，是否那巨大的太陽，忽然炸成了碎片，變成了這無數發光的珍珠？而那藍色的天幕，也被燒成烏黑，變得更加深不可測，撲朔迷離？

就這樣，天復一天，年復一年，周而復始，永無休止，使你不禁會問，是誰設計了這神秘莫測的宇宙，並控制著這部如此龐大而複雜的機器呢？

宇宙的奧秘是無窮無盡的，人類的探索精神也是永無休止的。最近，人類又取得了重要進展，終於把探測器發射到了火星。但是，與宇宙相比，這點小小的成功又算得了什麼呢？人類主要還是要靠觀測和想像，來窺探宇宙的秘密。於是便產生了這樣一個問題，即人們怎樣能夠用一個如此渺小的腦袋，去聯想一個無限廣大的宇宙呢？實在有點不可思議。這就必須感謝上帝了，是他這個萬能的造物主，賜給我們的思維以三大特異功能，即思維的速度是無限的，思維的空間是無窮的，思維在時間上是連續的。

顯而易見，如果思維的速度是有限的，即使可以用光速來思考，那麼要想到太陽也需要八分多鐘，而要想到銀河系以外的星球，至少也得幾萬年，要想到整個宇宙，就是根本不可能的了。同樣的，如果思維在空間上有所限制，例如只能想到鼻子底下的事，那麼，宇宙是何物也是不可想像的。同樣的，即使思維在速度和空間上都無限制，但卻不能連續，一會兒想到東，一會兒想到西，雜亂無章，毫無邏輯，想到前面，忘了後面，想到現在，忘了過去，要想思考如此複雜的宇宙也是不可能的。所以，我們人類能有今天，是與我們的思維有這三大特異功能分不開的。

好吧，那就讓我們帶著自己神奇的腦袋，懷著對上帝無限的虔誠，飛向廣闊的宇宙，去作一次有趣的旅行。我們所能想到的第一個問題，恐怕就是要問，宇宙到底有多大的年紀？

若按大爆炸的理論，宇宙從形成、演化到現在，已經經歷了三個不同的階段。第一個階段，宇宙中所有的物質都集中在一個無窮小的點上，這時的溫度在開氏溫度（其每一度的大小與攝氏相同，但以攝氏零下二七五・一五度的絕對零度為零度）一百億度以上，密度為原子核的密度，成分有中子、質子、電子和中微子等。由於極度的高溫高壓，所以這一階段不可能持續太久，估計不會超過一分鐘，然後就向四面八方急速地膨脹開來，即所謂的大爆炸。因為膨脹得很快，所以溫度也急劇下降。當宇宙溫度降到十億度左右時，開始進入第二階段。這時，中子開始失去自由存在的條件，要麼衰變，要麼與質子結合，生成重氫、氦等核素。另外還有一些光子、電子、質子和較輕的核構成的等離子體。宇宙繼續膨脹，溫度繼續下降，當降到四千度左右時，宇宙中的輻射作用就不那麼強烈了，退居次要位置。原來的等離子體開始互相結合，複合成稀薄的氣體。這一過程時間也很短，估計總共只有幾千年。

這也就是說，在宇宙形成（或大爆炸）以後的幾千年裏，宇宙裏的能量是以輻射能佔主導地位，那時候只有微粒，而且基本上是均勻的。這一點已經為兩個有力的證據所證實。一是宇宙中殘存的微波輻射背景已經探測出來；二是宇宙中含有大量的氦元素，就質量而言，約佔二十四%。也就是說，那時候只有宇觀和微觀，即在無限龐大的宇宙中，所包含的卻只有極其微小的粒子，而無宏觀可言。

但是，宇宙的膨脹是不可能停止的，溫度也就在不斷地下降。當溫度降到四千度以下時，由等離子複合而成的氣狀物質開始逐漸凝聚起來，形成了一些雲狀物，叫做氣體雲。這時的宇宙逐漸開始由輻射能量為主轉變成以物質能量為主。當溫度下降到三百，大約在大爆炸一億年以後，恆星、星系和星座開始形成，這就是我們今天所看到的宇宙。

怎樣來計算宇宙的年齡呢？由於還有許多不確定的因素，所以科學家們只能根據理論假設和實際觀測的綜合結果，給出一個大體範圍。通過大量觀測和計算，根據天文模型所計算出來的，與根據同位素測定和對星系演化的觀測所確定出來的宇宙年齡，其大體範圍是一致的，大約是在一百四十億到二百億年之間。這也就是說，我們的宇宙已經活了大約有一百四十億到二百億年了。

既然有生就有死，宇宙會不會消亡呢？當然會的。據推測，到若干年以後，總會有那麼一天，宇宙會突然來一個第二次大爆炸，然後，所有的物質都收縮回來，又回到第一次大爆炸之前的那種狀態，即體積無窮小，密度無窮大的一個點上。至於會不會再來個第三次大爆炸，重新生出個宇宙來，按照愛因斯坦的理論，回答是否定的。但是，必須指出的是，在那種密度極高的情況下，愛因斯坦的理論並不適用，所以，到目前為止，宇宙是否會再生這個問題，實際上還沒有一個明確的答案。

三大巨星小議

說到宇宙探測，就會想到科學家的功績，而在人類對宇宙的觀測和研究中，伽里略、牛頓和愛因斯坦正如三顆閃亮的明星，做出了巨大貢獻，為現代天文學奠定了堅實的基礎。

伽里略出生於一五六四年而卒於一六四二年，是文藝復興時期意大利偉大的物理學家和天文學家，也是現代物理學和觀測天文學的先驅。他最有名的舉動之一，是在比薩斜塔上，用同樣大小的木球和鐵球作自由落體表演，以此證明了物體下落的速度與其重量沒有關係。他還以研究證明，機械不能產生力，只不過是把力轉移而已。他在教堂作彌撒時，用自己的脈搏測量出大燈籠每次搖擺所用的時間是一樣的，從而發現了擺的等時性，為後來鐘錶的製作奠定了理論基礎。

然而，伽里略最重要的貢獻還不在物理學，而是天文學。一六〇九年，他在人類歷史上第一個親手製造出了二十倍的望遠鏡，並用於天文觀測，不僅看到了月亮上的環形山脈，而且還發現了一些新星。根據自己的親眼所見，他成了哥白尼「日心說」（即宇宙是以太陽為中心的）的堅定支持者，因此卻闖下了大禍。因為這與宗教的教義是背道而馳的。當時的教會認為，宇宙是以地球為中心，所有的星球都是繞著地球旋轉，而地球本身卻是靜止不動的。因此他被送上法庭，站在了被告席。儘管伽里略心裏明白，教會肯定是錯的，但他並沒有像自己的同胞，幾乎是同一時代的哲學家布魯諾那樣，挺身而出，大義凜然，堅持地球繞著太陽轉的觀點，因而活活被燒死（一六〇〇年）；而是委曲求全，承認錯誤，被判終身監禁，直到去世。在此期間，他繼續他的運動學研究，並且預言，物理學正面臨著新的突破。

三百年以後，即一九七九年十一月十日，羅馬教會終於為他平反昭雪。由此可見，真理是不可戰勝的，正如紙裏包不住火。但是，捍衛真理卻往往需要付出代價的。

就在伽里略逝世的那一年，即一六四二年十二月二十五日，在英國，另外一個科學巨星哇哇墜地，像是上帝派來接班的，這就是牛頓。

據說，牛頓並不算是一個特別聰明的孩子。他看到自家的貓生了小貓，經常被關在屋裏，不能自由出入，便在牆上掏了兩個洞，大洞是為大貓準備的，小洞則是為小貓準備的，結果發現，無論大貓還是小貓，統統都從大洞裏出入，小洞顯然是多餘的。

而且，他童年時的處境很糟。牛頓出生在一個貧寒而唯唯諾諾的農民家庭裏，在出生前幾個月，父親就去世了。三年之後，母親又改了嫁，把他寄養在外祖母家裏。所以，雖然他一生篤信上帝，但無論是先天的條件，還是後天的機遇，上帝都沒有給他什麼特殊照顧。他之所以成功的唯一秘訣，就是比別人多了幾分勤奮和執著。當他在劍橋大學基督教學院上學時，成績平平，並沒有顯出有什麼特別的才能。直到一六六五年夏天，由於瘟疫流行，大學關門，他不得不回到林肯郡時，卻突然思路大開，才思如注，在此後的十八個月裏，他在數學、光學、物理學和天文學諸領域都取得了革命性的進展，做出了巨大成績。例如，在數學上，他為微積分的計算奠定了基礎。在光學上，他發現白光並不是單一的，而是由紅、黃、綠、藍、紫等多種光組成的，並且用玻璃三稜鏡將太陽光分解成多色光譜。而他最偉大的成績還是在物理學和天體力學方面，早在一六六六年以前，他就已經開始用公式來描述運動學三大定律了，而且還發現了離心力和向心力定律。就在一六六六年，他把地球的引力延伸到月球，並且洞察到這正是與月亮的離心力相平衡的力，如此等等。就在瘟疫流行的這短短十幾個月裏，牛頓竟能在如此多的領域裏取得了如此多突破性的進展，已經大大超出了伽里略的預言，這看上去真像是天意。而那時，他才剛剛二十三歲。由於萬有引力定律的發現，而使天文觀測和宇宙學研究大大地往前推進了一步。

科學的發展是一種積累效應，積累到一定程度，就會來一次飛躍。就拿人類對宇宙的認識來說吧，遠古的積累形成了「地心說」，這主要基於直觀的認識，從哥白尼到伽里略，使

「日心說」佔了上風，這主要是基於客觀的觀察。牛頓積前人物理學和數學的研究成果於大成，終於發現了經典力學的三大定律，使得人類第一次有可能用一種全新的理論來描述各個天體之間的關係。牛頓深知這一點，所以他有一句名言曰：我是站在巨人的肩上，因而才能看得比巨人更遠一些。這不僅僅是謙虛，而且也是事實。他所說的巨人，當然也包括伽里略。

而且，科學也是循序漸進的，一個人不可能解決所有的問題。由於歷史局限和條件所限，牛頓雖然承認時間和空間的客觀存在，但卻認為，時間和空間與運動著的物質毫無關係，這顯然是錯的。

一七二七年三月三十一日，牛頓在倫敦去世。

後來，由於原子結構的發現，電磁輻射的觀測，許多現象都無法再以老的理論來解釋，科學又面臨著一次新的飛躍。

牛頓逝世一百五十二年之後，即一八七九年三月十四日，人類科學史上另外一名巨星降生了，那就是愛因斯坦。

同樣的，童年時的愛因斯坦看上去既不是天才，也並不聽話，有時甚至還有點古怪。他出生於德國，卻是在蘇黎世完成了學業。作為成年人的第一個職業，是在瑞士專利局當了七年小職員。直到三十歲以後，他的才能才逐漸得到社會的承認和人們的注意，即所謂的三十而立。在此以後的二十五年裏，作為教授，他一直在德國和瑞士的幾所大學裏教書。愛因斯坦的偉大成就，集中地體現在相對論裏。而這一偉大理論，也正是科學積累的又一偉大成果。

一九〇五年，愛因斯坦首先提出了狹義相對論，說起來也很簡單，這一理論是由兩個假定組成的：

一、在宇宙中任何地方的任何慣性系統中，所有的自然規律都是相同的，即所謂的相對性原理；

二、在真空中光速不變，而且在所有自然現象中是速度的極限，即所謂光速不變原理。

由這兩個基本原理出發，就可以得出兩個特殊結論：

一、在高速運動中的時鐘變慢了，東西也縮短了；

二、在高速運動中，物理的質量會隨著速度的增加而增加。這時，物體的質量與它所包含的能量之間的關係是：$E=MC^2$，其中C是光速常數。

這也就是說，如果我們乘一艘飛船以光速在太空中旅行，那麼我們的壽命就要比在地球上長得多。也許，當我們在宇宙中飛行了一年之後，再回到地球上一看，原來已經過去了好幾個世紀，那該是多麼有趣啊！真是：天上飛一日，地上幾千年。

一九一五至一九一六年，愛因斯坦又提出了廣義相對論。實際上，還在年輕的時候，愛因斯坦就對引力和光發生了濃厚的興趣。而在一九一一年，他就已經猜測，來自某一個星球，例如太陽的光線，在通過一個巨大的天體時，由於受到來自這個天體的萬有引力的吸引，可能會發生彎曲。這就是所謂的廣義相對論，主要是對引力而言的，其基本原理是：

引力不再看成是一種奇怪的力，而是一個三度物體在四度空間中下落的條件。同樣的，機械學中慣性的概念也不是一種力，而是引力的一種表現形式而已。這就是所謂的相對性原理。而且認為，在任何參考系中，物理定律都可以表現為相同的數學形式，即所謂的廣義相對性原理。

後來，這一猜測終於得到了證實。一九一五年五月二十九日，南半球發生了一次日全蝕，當陽光完全被遮擋起來之後，立刻天黑地暗，星星滿天，與黑夜極為相似。這一年，英國派出了兩支考察隊，分赴非洲和南美，拍下了日蝕夜空的照片，與六個月前真正夜空的照片相比較，結果驚奇地發現，所有在太陽周圍的星星的位置，都明顯地向太陽靠攏。這就有力地證明了愛因斯坦的預言，即當這些星星的光束在通過太陽附近時，由於受到來自太陽的萬有引力的吸引，因而發生了彎曲和折射的緣故。於是，突然之間，愛因斯坦便成了全世界注目的中心人物。

就這樣，愛因斯坦用幾個公式，就解決了長期困擾著天文觀測中的一系列難以解釋的現象和問題。人們終於認識到，宇宙並非僅僅是無限的時空，還包括那些正在高速運動著的物質。而且，也並不像牛頓認為的那樣，時間和空間與物質無關，風馬牛不相及，而是恰恰相反，時間、空間、物質、運動是密切相關，緊緊地連在一起的。於是，人類對於宇宙的認識，又大大地往前推進了一步。

來自地球內部的信息

人類對於自己身體的瞭解是經歷了一個相當漫長的過程的，在現代科學降臨之前，人類對於自己身體內部到底是個什麼樣子，有些什麼東西，基本上是一無所知，還以為肚子就像個氣球，裏面充滿了氣體，因為要與外界交流，所以就得呼吸和放屁，後來經過解剖才知道，裏面原來有五臟六腑。現在不用解剖，只要作個透視，就可以把內部的情況看得一清二楚。

同樣的，人類對於地球的認識也是如此，經歷了一個相當漫長的過程。而且，因為地球實在太大，沒有辦法去解剖，所以直到現在，我們對於地球內部的情況，並沒有確切的認知。然而，大自然是非常慷慨的，總是源源不斷的提供出一些內部的信息，使人類對於地球的認識正在一步步走向深入。

地震

通常，人們只知道地震是一種可怕的災難，一旦發生，就會山崩地塌，牆倒屋摧，給人民的生命財產造成極大的損失。但是實際上，地震也是來自地球內部的一種非常重要的信息。

全球每年大約要發生六千個左右的地震，其中有五千五百個左右的地震或者因為太小，或者因為離人類居住的地方太遠，人們根本是感覺不到。另外有四百五十個左右的地震雖然可以感覺得到，但卻不會造成損失。每年大約有三十五個地震能造成輕微的損失，只有大約十五個地震能夠給人類帶來巨大的災難。這就是為什麼人們會談震色變的緣故。

地震在空間上的分佈也是有規律的，既不是均勻發生，也不是雜亂無章，四處出擊，而是集中在兩個巨大的地震帶上。其中，世界上九十％以上的地震都發生在環太平洋地震帶上，這是地球上最大的地震帶，中國東部包括臺灣的地震，都是在這個地震帶上。其他地震則主要集中在北緯三十度到四十度左右，橫穿歐亞大陸的地中海—喜馬拉雅地震帶。中國西部的地震，包括發生在四川、雲南、青藏和新疆的地震，則屬於地中海—喜馬拉雅地震帶。中國幅員廣大，是世界上唯一橫跨兩個地震帶的國家。

地震發生的深度叫震源深度，其分佈也有一定的規律性。一般認為，震源深度在零至七十公里的地震叫淺源地震，在七十至三百公里的地震叫中源地震，而在三百至七百公里的地震則叫深源地震。同樣大小的地震，深度愈淺，造成的破壞也就愈大。像中國大部分地震，其震源深度都在幾公里到三四十公里之間，所以常常能造成巨大的損失。只有東北、臺灣和新疆的個別地區，有時會發生深源地震，即使七八級的大地震，也只不過感到晃動幾下而已，並不會造成什麼損失。但是，深源地震的數量是很少的，只佔地震總數的四％。而釋放的能量更少，只有地震總能量的三％左右。其次為中源地震，約佔地震總數的二十三・五％，所釋放的能量也只有十二％左右。其餘的皆為淺源地震，約佔地震總數的七十二・五％，而釋放的能量卻佔八十五％。

原來，人們搞不清楚，地震在空間分佈上為什麼會有如此明顯的規律性。現在，人們終於明白了，地震的發生主要是由於板塊運動的結果。由於板塊的相對運動，就會在邊界地區造成應力積累，達到一定的程度以後，就會使岩石發生破裂或斷層發生移動，因而就會爆發地震。所以，根據地震在平面和深度上的分佈，不僅有可能勾畫出板塊的邊界，而且還能探測到板塊運動的地球動力學過程。

但是，地震除了破壞性的一面之外，它還具有非常重要的科學價值，因為它攜帶著來自地球內部的極其重要的信息。然而，地震所轉達給人們的內部信息，主要還不是通過它的空間分佈，而是通過地震波。原來，當大地震發生時，就會發出強大的地震波，通過地球內部而向全球傳播。科學家們利用現代的科學儀器，在地球的任何地方都可以清楚地接受到它。根據對地震波的分析，人們終於知道了，地球原來就像個雞蛋似的，是一種層狀結構，最外面一層叫地殼，相當於雞蛋皮，再裏面一層叫地幔，相當於雞蛋清，最裏面的部分叫地核，相當於雞蛋黃。這就是說，地震就像是一部巨大的透視機，將地球內部的結構情況清楚地顯示了出來。由此可見，地震雖然有時會造成巨大的損失，但對研究地球內部構造而言，它的功勞卻是非常之大的，如果沒有它，人類到現在恐怕還無法知道，地球內部到底是個什麼樣子。

至於人類對地震的研究，我們的祖先是作出過巨大貢獻的，漢代的張衡在人類歷史上最早發明了用於觀測地震的地動儀，比西方早了許多世紀。

磁場

除了地震之外，地磁場也給人們帶來了來自地球內部的重要信息。

指南針是我國古代的四大發明之一，這也就是說，我們中華民族是世界上最早懂得利用地球的磁場來確定方向的民族。然而，人類對於地球磁場的系統研究，卻是從上個世紀才開始的。

原來，在地球的周圍，除了大氣之外，還有一種看不見的東西，那就是地球的磁場。如果你手裏有一個可以自由活動的磁針，你就會處處感到它的存在，磁針的一端將永遠指向北，而另一端則永遠指向南。如果你正好站在赤道上，則磁針就會保持水平方向。離開赤道往北，磁針的北端就會往下傾斜；離開赤道往南，磁針的南端就會往下傾斜。如果你按照磁針所指的方向往北一直走下去，那麼總有一天，你會走到一個點，在那裏，磁針將會垂直於地面，那就是磁北極點；同樣地，如果你按照磁針所指的方向，一直往南走下去，同樣也可以找到一個磁針與地面垂直的點，那就是磁南極點。於是便產生了一個非常有意思的問題。眾所周知，因為地球是圓的，所以你在地球上無論往東還是往西，都可以無休止地走下去，將永遠也沒有盡頭，無非是圍著地球打轉轉。但是，南北就不同了，無論往南還是往北，都有一個終點。當你站在北極點時，所有方向都是南；而當你站在南極點時，則所有方向都是北。這也就是說，南北有極而東西無限。

那麼，地球為什麼會有磁場呢？這到現在還是一個謎。但是，根據電磁理論可知，電和磁是不可分離的，只有有電流的時候，才會產生磁場，所以科學家們推測說，很可能是因為處於液態而且是離子狀態的地核外層，相對於固體的地幔而轉動，因而產生了環狀電流，正如一個通電的線圈一樣，於是便產生了磁場。但是，這個線圈軸的方向與地球自轉軸的方向並不是一致的，偏離了大約十一度，所以磁北極點和磁南極點與地理上的南極點和北極點並不重合，而是離開了一定的距離。

然而，雖然由地核電流所產生的磁場是地球磁場的主體，大約佔地球磁場的九十%以上，但卻並不是全部。在大氣圈離地面約一百公里以上的電離層中的帶電粒子，在地球磁場的驅動下發生了定向流動，因而產生了電流，同樣也產生了一部分磁場，疊加在地球磁場之上。這部分磁場大約相當於地球磁場的千分之一，因為主要受太陽輻射的影響和控制，因而每天都有一個週期性的變化。

另外，磁場與太陽風在電磁圈中的相互作用，同樣也會產生電流，因而又產生了一部分磁場，大約佔地球磁場的五百分之一。因為太陽風隨著時間而變化很大，所以在電磁圈裏的這一部分磁場也隨著時間而變化，而且常常引起磁暴。

那麼，地球的磁場帶給了我們一些什麼信息呢？

首先，我們在地球表面所觀測到的地球磁場，無論是在強度上還是方向上都不是均勻的，而是隨著地點的不同而變化，這主要是受地下帶磁物質影響的結果。不同物質帶磁的大小又是不一樣的，例如火成岩就比沉積岩的磁性大得多，而帶鐵礦石的磁性就更大了。所以，利用對於地磁場的觀測和分析，我們就有可能知道地下構造的形狀和大小。特別是用來尋找鐵礦是非常有效的。

更加有趣的是，科學家們發現，在過去漫長的歷史時期中，地球磁場的方向曾經發生過來回地變化，就像是翻跟頭似的。人們怎樣知道這一點的呢？因為所有的岩石在形成的過程當中，都會受到地球磁場的作用而磁化，因而就把當時磁場的大小和方向記錄了下來。人們通過對保存在岩石裏的這些信息的分析，就可以恢復遠古時期地球磁場的方向和強度，這就叫做古地磁。通過對古地磁的研究，科學家們不僅知道了地球磁場已經翻過了幾次跟頭，而且還找到了大陸漂移的確切證據。

當然，地球磁場的作用還遠不只如此。對於人類來說，在其他定位系統問世之前，利用羅盤根據磁場來定位，曾經是人類最重要的確定方向的手段，對航海事業的發展，特別是對全球性的地理大發現起到了至關重要的作用。因此可以說，如果沒有我們的祖先發明的指南針，那麼人類對地球全貌的認識就要推遲許多年。

而對生物來說就更加重要了。研究表明，地球上的許多生物，特別是像那些候鳥和鯨魚等遠距離遷移的生物，都是根據磁場來確定方向的，如果沒有磁場，它們即將失去方向，因而沒法生存下去。因此，使科學家們大感迷惑不解的是，當地球磁場的方向突然發生倒轉時，那些依靠磁場來定位的生物到底是怎樣生存下來的。

重力場

人們常常以眼見為實，看不見的東西就認為是並不存在的。例如空氣，在好長時間裏，人們並不知道它的存在，還以為自己是生活在真空裏。當然，現在已經沒有人再來否認這一點了，因為大家都知道，沒有空氣一時一刻也活不下去。磁場也是如此，在指南針發明之前，又有誰會承認它的存在呢？重力場就更是如此，不僅看不見，摸不著，而且必須要用極其精密的儀器才能把它觀測出來。所以，知道的人就更少了。那麼，重力到底是什麼東西呢？為了說明這一點，我們不妨先從一件最普通的生活常識說起。

在日常生活中，人們常常用一個物體的重量來代替它的質量，所以重量和質量的界限則總是混淆不清。實際上，重量和質量是兩個完全不同的物理概念。顧名思義，質量是指一個物體中所含物質的多少，而重量卻是指這個物體所受到的地球的引力。因此，重量是可變的，而質量卻是永恆的。例如，一塊石頭在地面上是五公斤，到了高空可能就只有三公斤，而如果把它裝入飛船，帶入太空，它就會懸在半空，飄浮不定，就像個氣球似的。在這種情況下，它的重量已經沒有了，等於零，但其質量卻依然存在，還是那塊石頭，如果再把它帶回地面，它又變成五公斤了，這到底是怎麼一回事呢？這是因為，質量是不滅的，所以叫做物質不滅定律。而重量卻與這個物體離地球的距離有著極其密切的關係。

說到這裏，我們必須感謝牛頓，是他發現了萬有引力定律，才把人們引出了重重迷霧。雖然有關牛頓看到蘋果落地而發現了萬有引力定律是誤傳，但這個故事卻說明了一個有趣的事實，就是蘋果為什麼不向天上飛，而偏偏要向地上落呢？這是因為它受到了地球吸引的緣故。那麼，這種吸引力的量到底有多大呢？若用一個公式來表示，那就是：$F=GMm/R^2$其中，M和m分別表示兩個相互吸引的物體的質量，R為它們之間的距離，G是一個常數，叫做萬有引力常數，F就是它們之間的吸引力。對於地球上的物體來說，M通常表示地球的質量，m則表示這個物體的質量，R是指這個物體到地球中心的距離，F則是地球對這個物體的吸引力。事實證明，宇宙萬物之間，大到星球，小到微粒，都有引力的存在，其大小與它們的質量的乘積成正比，而與它們之間的距離的平方成反比，由此可以說，萬有引力定律是一個放諸四海而皆準的真理。而且，也正是有了這種引力，星球才能形成，宇宙才能維繫，我們也才能安安穩穩地生活在這個星球上，否則的話，我們將會和地球上所有東西一起，包括大氣層，早就飛到九霄雲外去了。

那麼，重力又為我們帶來了一些什麼樣的信息呢？因為重力與質量和距離有關，所以利用全球性的重力測量，我們就可以計算出地球的大小、地球的形狀、地球的密度、地球的質量，以及地球與其他天體之間的相互關係。不僅如此，因為重力與地底下的質量分佈有關，而地下的質量分佈並不是均勻的，所以利用地面上的重力測量，我們就有可能知道地下地質構造的情況。

將來有一天，也許人類可以到月球上去旅行，甚至在那裏開個奧林匹克運動會。到那時候，所有的記錄都要重新改寫，一蹦十幾米高，一跳幾十米遠，標槍一扔出去，可能根本就找不回來了。那是因為，月亮的質量只有地球的八十一分之一，所以其引力要比地球小得多的緣故。

岩石天書

據說，張良在小的時候，有一天在一座小橋上玩耍，一個老人走過來，故意把鞋子扔到水裏，然後讓他去揀。張良本不願意，但見老人那麼大年紀，便為他揀了上來。老人很高興，便讓張良晚上到這裏來見他。晚上張良去了，見老人已經等在那裏。老人很生氣，說他沒有誠意，讓他第二天晚上再來。第二天晚上張良提前到達，但還是晚了，老人又把他訓了一頓，叫他明天再來。第三天晚上，張良飯也沒有吃，早早地便等在那裏，老人來了很高興，便給了他一部書。張良打開一看，並沒有字。轉身去問那老人，但老人卻早已變成了一塊黃色的大石頭。張良這才知道，那老人原來是個神人，便稱他為黃石公。而他得的則是一部天書，只有黑夜在月光下捧讀，才能看出字來。正是靠這部天書，張良終於輔佐劉邦得了天下，建立了漢朝。

當然，這只不過是一個故事而已。然而，在自然界，天書卻是有的，那就是那些隨處可見的岩石。由此可見，如果我們想認識地球，造福人類，同樣也需要黃石公來指點迷津呢。

然而，在一般人的眼裏，石頭只不過是一些石頭而已，最多是一種建築材料，可以用來蓋樓房，鋪馬路，弄不好還會礙手礙腳，成為令人討厭的絆腳石。但是，實際上，層層迭迭的岩石，卻正是一部無字天書，裏面記載著從地球形成到生物演化，從化學元素到物質成分，從大山隆起到海洋凹陷，從地殼構造到板塊運動，各種各樣極其豐富的信息。然而，這部無字天書卻不是人人都能看得懂的。只有那些訓練有素，不辭勞苦的地球科學家們，才能讀得出它們的內容，翻譯出它們到底說了些什麼。科學家們長年累月地在這部天書上翻山越嶺，風餐露宿，耐饑挨渴，前仆後繼，才終於一步步地逐漸揭開了地球的奧秘。從保存在岩石裏的化石標本裏，人們不僅知道了生物進化的過程，而且也懂得了人類歷史的淵源。從岩石的構造和形狀裏，人們不僅瞭解了地殼運動的歷史，而且也看到了滄海桑田的變遷。從岩石的組成和結構裏，人們不僅探測到了物質遷移的規律，而且也分析出了地球內部的溫度。從岩石磁性記錄裏，人們不僅反演出了地球磁場的方向和強度，而且還發現了板塊運動的軌跡。不僅如此，在層層迭迭的岩石裏，還保存著人類生存和發展所必不可少的礦產資源。總而言之，大自然給人類留下的這部無字天書，比黃石公賜給張良的那一部內容要豐富得多，因而也重要得多。

來自地球外部的信息

「生在地上想上天，活在人間想成仙」，是說人類不大容易滿足。實際上，在科學技術尚不發達的古代，人們所幻想出來的天堂不僅僅是為了死後去享受，而且也反映了人類對於外部空間的好奇心和無窮追求。現在，當人們已經知道天堂並不存在的時候，便開始了另外一個更加遠大也更加現實的目標，那就是探測宇宙。而且，這一宏偉的目標正在一步步地變成了現實，人類不僅已經飛抵了月球，還把日益先進的探測儀器送到了火星。就科學技術而言，這確實是極其偉大的成就。但是，要飛到宇宙中去絕非一件容易的事，不僅要有現代化的先進科學技術為先導，而且還要有強大的物力財力作基礎。況且，茫茫的宇宙是如此之大，而人類能夠探測到的東西總是極其有限的。因此，也曾有人批評說：「我們花了那麼多錢，只在月球上待了幾個小時，難道是值得的嗎？」這自然有點急功近利，但若仔細想一想，卻也並非全無道理。因為，如果人類登月僅僅是為了取回幾塊岩石標本的話，那麼待在地球上也可以做到這一點，因為地球上不僅有來自其它星球源源不斷的大量隕石，而且還可以接收到來自宇宙的其他許多重要信息。

天外來客

自古以來，流星曾經引起人們無盡的遐想，因而生成了許多美妙的神話。有的高興，認為那是天女下凡打著的燈籠；有的悲傷，以為那是不祥之兆，有人可能要歸天；有的慶幸，認為那是上帝恩賜，令天女撒花；有的害怕，以為那是魔鬼發怒，怒火衝天。當然，這都是人們的想像而已，實際上，流星只不過是天體飛向地球時，在大氣層中留下的一道軌跡。

幾乎每天夜裏，特別是後半夜，總是可以看到幾顆流星從天空飛過，有時甚至真像天女撒花，許多流星同時落下，飛如燄火，宛若禮花，這就是流星雨。這到底是怎麼一回事呢？

原來，除了那些星球之外，宇宙中還有許多大大小小的天體，它們沒有一定的軌道，只是隨機性的在太空飛舞。有時就會撞到地球上來，與大氣層摩擦而燃燒，形成大大小小的火球，這就是我們看到的流星。它們中的大部分都會在燃燒中化為灰燼而蒸發，也有一些較大的天體落到了地球表面，那就是隕石。

早在十一世紀，我們的祖先就觀察並記錄下了流星雨，曾經引起了人們極大的恐慌，以為天就要塌下來了。直到本世紀，人們才弄清了這種現象的真正原因。這是因為彗星在繞太陽旋轉時，其尾部會撒落許多碎片，留下了一道軌跡。當地球衝入這一區域時，有些碎片就會衝入大氣層，摩擦燃燒，於是流星飛舞，形成了流星雨。這些碎片的大小大約相當於沙粒，在燃燒過程中基本上都蒸發了，根本落不到地球上來。

還有一些更小的微粒，可以直接飛向地球而根本引不起燃燒，既看不到流星，也造不成隕石坑，但其數量卻很多，據估計，地球每天大約要接收一千噸這樣的物質。

雖然流星和流星雨天花飛逝，曾引起人們無窮的聯想，但科學家最感興趣的還是那些能看得見、摸得著的大大小小的隕石，因為它們攜帶著來自宇宙的極其寶貴的信息。

若按其成分來分，隕石主要有兩類，一種是鐵質隕石，含有大約九十%的鐵和十%的鎳。另一類則是石質隕石，其成分主要是橄欖石和輝石。據估計，每年大約有五百塊左右較大的隕石落到地球上，但能被發現的還不到一%。

由於某種至今尚不清楚的原因，落在南極大陸的隕石要比其他大陸多得多。而最近幾年，隕石研究的一個重要進展，就是在已經找到的南極隕石中發現了八塊來自月球的隕石。更加重要的是，據科學家們鑑定證實，這些隕石並不是來自人類容易到達的月球正面，而是來自人類到目前為止還無法到達的月球背面。因此就具有更加重要的科學價值。

最早在南極發現隕石的是澳大利亞科學家，他們於一九一二年在南極冰雪之中偶爾揀到了幾塊隕石。此後，美國和日本等國的科學考察人員又陸陸續續地在南極收集到一些零星的隕石。當然，所有這些發現都還是偶然的和隨機的，人們並不指望能在南極大陸找到更多的隕石。直到一九六九年，日本科學家在藍色的冰川上一下子就發現了九塊隕石，這才第一次指出，在南極地區看來有可能發現和回收到更多的隕石。果然，一九七三至一九七四年的夏季，他們又找到了十二塊隕石。接著，一九七四至一九七五年夏季搜集到六百六十三塊，一九七五至一九七六年夏季搜集到三百零八塊。而在一九七七年，美國和日本的科學家在乾谷地區又發現了一塊重達四百零八公斤的巨大隕石，這是迄今為止在南極所發現的最大的一塊隕石。雖然每年可在野外工作的時間只有短短的幾個月，而且人類在南極所能到達的地區比起其他大陸來少得簡直是無法比擬，但這幾年在南極發現的隕石逐年增多。到一九八九年為止，人們在南極一共收集到一萬一千多塊各種各樣的隕石樣品，這相當於在其他大陸上所收集到的隕石總數的一倍半還要多。南極大陸隕石之多就可見一斑了。

南極大陸的隕石不僅數量多，而且保存得也相當完好，這是由這裏得天獨厚的自然條件決定的。因為，隕石落到南極冰蓋上之後，由於巨大的衝擊力而會深深地鑽進冰裏，於是，熾熱的岩石很快冷卻，表層被冰雪很快地保護起來，不僅不會受到氧化和污染，而且也不會和地球上的其他岩石相接觸，因此具有很高的研究價值。根據化驗分析表明，不同的南極隕石，其化學成分和物質組成之間的差別是很大的，這說明它們是來自於宇宙中不同的星系。而且，隕石不僅攜帶有它所來自的那個星球上的重要信息，而且在運行的過程中還會受到太陽風和宇宙射線的作用，並且有時還會與其他星球相碰撞，因此俘獲更加豐富的外層空間的信息，這對研究宇宙中的物質成分，太陽系以至銀河系的演化規律，以及地球起源和生命進化，都有著極其重要的科學價值。

最近以來，人們對於探測宇宙中的生命表現出特別強烈的興趣。據說，前些年，美國科學家曾經花費了巨額投資，將地球上各主要民族（當然也包括中華民族）具有特色的音樂旋律壓縮進了一個無線電信號裏去，並用強大的功率發往宇宙，並將地球人男女的裸體形象也發了出去，以期收到宇宙中同類們的回答，但至今似乎還沒有得到任何響應。

前些時候，據報導說，澳大利亞科學家通過他們巨大的宇宙探測天線，收到了一種具有一定規律的無線電信號，這使他們欣喜若狂，但這種信號到底意味著什麼，是否是其他星球上某種智能生物發出來的信息，尚不得而知。長期以來，人們曾經寄希望於火星，認為火星上很可能會有某種形式的生命存在。但是現在，從美國發射的火星探測器所收集到的信息表明，由於溫度太低，溫差太大，而且缺乏水分和氧氣，所以火星表面似乎不大可能有任何形式的生命能生存下去。

儘管科學家們費了九牛二虎之力，至今尚未得到外太空有可能存在生命形式的任何可靠的信息。但飛碟和外星人降臨地球的報導卻層出不窮，有的甚至指名道姓，活靈活現，以致連科學家們也有點將信將疑。例如，有人報導說，一九七七年四月二十五日，在智利北部，邊防隊長亞孟都和其他幾個士兵正在邊境巡邏，忽然看到地上有個不明飛行物。亞孟都因受責任心和好奇心所驅使，戰戰兢兢地走了過去，但一下子就不見了。十五分鐘後重新出現時，他手錶上的日曆卻變成了四月三十日，臉上的鬍子也變長了，一下子長出了一寸多。而他本人對這十五分鐘的經歷卻完全失去了記憶。還有人報導說，一九六二年，美國有對夫婦曾被外星人所掠獲，並用意念告訴了他們一張「星座圖」。後來，一位年青的天文學家用了四年時間查閱了上萬件資料，結果證明，那幅星座圖的十二顆星，有九顆的位置十分準確。又過了五年，其他三顆星才陸陸續續被天文學家所發現，其方位和距離與星象圖上所標出的都非常一致。而那對夫婦只有初中文化程度，且對天文學幾乎一無所知，怎麼能畫出天文學家要花費近十年的時間才能測繪出的星象圖呢？如此等等，這樣的例子不勝枚舉，而且來自於世界各地。這更加引起了人們的好奇心，以致於一個龐大的國際性組織應運而生，這就是UFO，即不明飛行物組織。

然而，科學家們對於各種各樣新聞報導的反應往往是比較冷淡的，他們仍在辛勤地工作，希望能找到一些稍為令人佩服的科學證據。那麼，到什麼地方去尋找這些證據呢？除了代價極其昂貴的太空探測之外，唯一的途徑則是研究隕石。

一九七九年，日本科學家在南極發現了一塊重一百八十克的富碳隕石，其碳的含量高於二％。後經初步分析表明，這些隕石中含有大量的氨基酸，而氨基酸是構成生命所必需的大分子即蛋白質的基本單元。因此，消息傳來，自然引起人們極大的關注。在以前的研究中，雖然也曾經發現過含有有機物的隕石，但發現含有如此豐富的氨基酸的隕石，卻還是第一次。日本科學家應用了精密的分析方法，採取了極嚴格的保護措施，以保證試樣不被地球上的任何有機物質污染。結果，他們從這塊隕石中檢驗出了二十種氨基酸，並測定了它們的含量。然而，令人感到失望的是，據日本科學家分析的報告認為，這些氨基酸雖然肯定不是地球上任何有生命機體的產物，但似乎也不像是外太空中某種生物的遺體。因為，從其結構上來看，這些氨基酸與地球上所能見到的任何有生命機體的氨基酸都是不大一樣的。

然而，公眾對外星人的興趣卻並沒有因此而減弱，而是恰恰相反，人們開始在地球上為外星人的入侵搜尋各種各樣的證據。例如，英格蘭由巨石築成的圓形石陣，法國卡納克由幾千根石柱排列而成的長形石陣，復活節島上面對大海的巨石人像和高大的石柱，特別是在安第斯山脈中五千多米高的納斯卡平原上所發現的，必須從高空中才能辨認出來的繪有鳥、蜘蛛、猴子、蛇、魚等生物形象和三角形、梯形等幾何形狀的巨形圖案，所有這些奇怪的反常物都被解釋成是外星人的傑作，甚至連埃及的金字塔和中國的萬里長城也都有人懷疑可能是由外星人前來建造的。總而言之，在過去，人們把無法解釋的自然現象，都歸結為是神的意志。而現在，他們則把搞不清楚的人為設施，都看成是外星人的功績。人們對外太空生命的興趣是如此廣泛而且執著，以致連那些一向埋頭於秘密研究的戰略家們也從中受到了感染和啟示，從而制定出了星球大戰計劃。但是，他們的計劃實際上並不是為了防禦外星人的入侵，而是為了對付地球上的同類。

值得慶幸的是，那些專門從事宇宙探測的科學家們，並不受新聞輿論所左右，他們仍然在冷靜地注視著太空，搜索著地球，在南極的冰天雪地裏到處奔波，希望總有那麼一天，能從那些天外來客們的身上，找出某些外太空確實存在生命的更加令人信服的證據。

神奇的極光

顧名思義，極光就是只能在兩極才能看到的光。但是，因為南極大陸沒有人，所以南極的極光則很少有人去觀賞。而在北極，從阿拉斯加到加拿大，從格陵蘭到西伯利亞，在環北極廣大地區的夜空，都有可能看到極光那絢麗多彩的身影。有時在亞北極，甚至在中緯度地區，也會在地平線上，遠遠地望到一束變幻莫測的光柱。愛斯基摩人每逢看到極光，就會拼命地吹口哨，極光也就隨之翻滾跳動，他們說那是在跳舞，不知是偶然的巧合，還是極光真有心靈感應。

除了其神秘的面紗之外，極光的一般形態看上去就像是一個巨大的環繞曲折的窗簾，或者是從高高的太空垂掛下來的帷幕，蜿蜒曲折，層層迭迭，構成了一幅美麗的圖案。更加奇怪的是，在北極，所有的極光總是從東往西，跳動著，搖擺著，就像被強勁的東風吹舞著，飄浮在天際。其下擺的高度大約是在一百公里左右，而往上卻一直延伸到三百公里甚至更高。作為一個整體，這個巨大的天幕還在不斷地移動著，或者飄向赤道，或者飄向兩極。如果乘上飛船，從上面望下去，就更加奇妙了，原來這個天幕是在圍繞著磁極點，構成了一個橢圓型的柱體空間。但是，其中心的位置，卻並不是正好在磁北極點，而是向地球黑夜的一半偏離大約三個緯度，約為三百三十多公里。圓的半徑平均有二千二百多公里，而其厚度卻只有大約一公里左右，相比之下，真像是一層薄薄的天鵝絨似的。

那麼，大氣層這個魔術師，是怎樣把這種奇妙無比的極光天幕變幻出來的呢？最近幾年，通過大量的衛星、火箭和地面探測，科學家們終於揭開了其神秘的面紗。原來，這是由於太陽風和地球磁場共同作用的結果。因為太陽的表面具有極高的溫度，所以太陽的外層大氣則處於極不穩定的狀態，不斷地向外層空間發射出高速的粒子流，這就是所謂的太陽風。而且，由於熱電離的結果，構成太陽風的粒子都是帶電粒子。因此，當它們奔向地球的時候，就會在地球磁場的作用下，穿過大氣層，非常集中地飛向了兩極。因為它們的速度極高，在地球軌道附近為每秒三百至七百公里，當與大氣電離層中被激化了的帶電粒子相撞之後，便會發生放電現象，正如雲層放電一樣，於是便發出了奇妙的光彩。通常可以看到的是綠色的極光，其波長為五五七七埃（每埃等於〇・一毫微米），這是由於太陽風與大氣層上部被激化了的氧原子碰撞的結果。偶爾也能看到深紅色的極光，那是由於被激化而帶電的氮分子集中放電的結果。

然而，正如地面上的風有大有小，有刮有停一樣，太陽風也不是均勻的，而是時大時小，時有時無。所以，極光也並不老是掛在天上，而是受太陽活動所發出來的太陽風速度的大小和地球磁場的強弱所控制。由太陽耀斑所發射出來的強大的太陽風，常常能使極光橢圓延伸到磁場緯度達六十度左右。而在太陽黑子活動期間，一束強烈的太陽風可以從太陽上一個相當大的地區發射出來，一直持續幾個月甚至一兩年。但是，由於太陽也是在自轉之中，大約二十七天轉一圈，所以在地球上所看到的極光的活動，有時也是二十七天一個週期。

極光的活動還隨季節而變化，通常在三月和九月份晝夜平分的時候達到最大值，其原因到現在還沒有弄清楚。但即使在太陽耀斑活動最烈或地球磁場發生磁暴的時候，極光的活動也並不是連續不斷的，最多持續幾個小時。另外，因為太陽黑子的活動總是以十一年為一個週期，所以，極光的活動也是每十一年有一次活躍期。也正因如此，當人們好不容易看到一次極光時，才會覺得特別的幸運和好奇。如果極光總是掛在天邊，人們就會習以為常，不以為然，也就不會那麼新鮮了。

臭氧空洞

萬物生長靠太陽，這是千真萬確的真理。但是，你可曾想到，就在這給大地帶來溫暖和光明的陽光之中，還暗含著殺機嗎？原來，太陽光的成分是很複雜的。由於波長的不同，太陽光包含有可見光和不可見光兩大部分。而可見光又是由紅、橙、黃、綠、藍、靛、紫七種顏色的光組成的。紅光以外還有一部分射線，那就是紅外線。同樣的，紫光以外也有一部分射線，那就是紫外線。因為紅外線的波長太長，紫外線的波長太短，我們的眼睛是看不到的。所以，我們平時所看到的太陽光，實際上只是它中間的那一部分，而且還是七種光的混合體。只有當雨過天晴，天空中出現了一彎彩虹時，陽光才露出了它本來的面貌。這是由於折射的結果。如果讓陽光通過一個三稜鏡，就可以看到它那七彩斑斕的光譜。

那麼，如此溫暖而美麗的太陽光，怎麼能成為殺手呢？這並不是所有的陽光成分所為，而只是其中的紫外線幹的。紫外線的波長在四百至四千埃之間，短於可見光而長於X射線。而且，也並不是所有的紫外線都有害，只有波長短於二千五百埃的紫外線能夠破壞生物機體，所以我們可以用它來消毒。但是，紫外線不僅能夠殺死細菌，也能破壞其他生物的細胞組織，因而是一切生命的大敵。如果讓太陽光中的紫外線全部照射到地面，不僅所有的生物都會遭殃，而且，從根本上來說，地球就不可能演化出生命來。

然而，天無絕人之路。萬能的造物主早就想到了這一點。因為紫外線很容易被大氣中的氧，特別是臭氧所吸收，所以，仁慈的上帝便在地面以上十到五十公里，而以二十至二十五公里之間最集中，用臭氧為生命構築了一個保護層，這就是所謂的臭氧層。雖然臭氧的含量是很少的，僅佔乾燥空氣體積的千萬分之六，但臭氧層的作用卻是非常之大的，因為它不僅能吸收太陽光中的紫外線，特別是那些具有殺傷力的波長短於二千五百埃的紫外線幾乎全部被吸收，從而保護了地球上的所有生命，而且與此同時，還釋放出大量熱量，既維護了臭氧層的溫度，又有助於保持地球的熱平衡。

在高空當中，氧是以三種形態存在的，那就是，只有一個原子的原子氧(O)，有兩個原子結合在一起的氧分子(O_2)，即氧氣，和有三個原子結合在一起的臭氧(O_3)。來自太陽和宇宙的能量不斷地迫使氧分子分解成氧原子。但原子氧是極不穩定的，一有機會就會抓住一個氧分子而形成臭氧，同時釋放出能量。而臭氧也是很不穩定的，一有機會，兩個臭氧分子就會結親，各自拿出一個氧原子，構成一個氧分子，它們兩個也便還原成了氧分子。就這樣地周而復始，保持著一種動態平衡。如果沒有外界地干預，這種狀態將永遠維持下去。也就是說，臭氧層會固若金湯，永遠也不會消失。

但是，人類出現了。為了享受，人們大量地使用起冷凍機，既能使食物保鮮，又可以逃避酷暑，何樂而不為呢？可沒有想到，從冷凍機中源源不斷地釋放出大量的氯原子(CL)。這些氯原子非常活躍，不肯安分守己，而且還喜新厭舊，正如人類中的好色之徒。當它們升入高空之後，立刻與同樣不安分的臭氧勾搭在一起，很快便奪取了一個氧原子而形成氧化氯(CLO)，從而把臭氧還原成了氧氣(O_2)。而氧化氯還不老實，又去抓一個臭氧，並把自己的氧原子拿出來給了它，使它還原成兩個氧分子，而氯原子又重新變成了光棍漢，再去勾搭別的臭氧分子。就這樣，離了結，結了離，循環不斷，可以一直幹下去，直到再也找不到臭氧為止，其破壞力是非常之大的。

據科學家們證實，如果臭氧層中的臭氧減少一％，那麼照射到地面上的紫外線就會增加二％。不僅如此，由於臭氧層的破壞，人類的免疫系統也會受到嚴重破壞。紫外線還能破壞人體的脫氧核糖核酸，使白內障和呼吸道疾病增多，還能危及農作物和其它生物的正常生長，使大量海洋生物瀕臨死亡。久而久之，不僅人類難以生存，地球上所有的生物都會消失。到那時，即使依舊陽光燦爛，但卻變成了一片死寂，還有什麼意義呢？

科學總是超前的，從發現到應用，往往相距很長時間，甚至長達幾個世紀。科學又是普遍的，既可以在東方生根，也可以在西方結果。因而屬於全人類，而不受國界的限制。因此，具有超前意識的科學家們往往是先天下之憂而憂之，但卻決非杞人憂天，而是確有事實根據。研究表明，由於有害物質像氟、氯等對大氣層的污染，臭氧層變得愈來愈稀薄起來了，甚至在南極上空出現了一個面積相當於美國的大窟窿，強烈的紫外線一洩而下，不僅降低了海洋浮游植物的光合作用，而且還進一步導致更高級的海洋生物的減少。觀測研究表明：從一九八七年至今，海洋生物的總量已減少六％至十二％。而且，臭氧層變薄現象一般總是在春夏出現，而這正是植物發芽生長的時期，因此，過量的紫外線照射不僅會使農作物明顯減產，且其質量也會大大下降。聯合國環境署的報告指出，半個世紀以後，恐怕會出現大的饑荒。不僅如此，對於人類來說，臭氧每減少十％，患皮膚癌的人數將增加二十六％；臭氧每減少一％，世界上患白內障的人每年就要增加一百七十五萬……，如果任其發展下去，其後果是不堪設想的。

於是想起了女媧補天的故事：「往古之時，四極廢，九州裂，天不兼覆，地不同載，火漤炎而不滅，水浩洋而不息，猛獸食顓氏，鳥攫老弱。於是女媧煉五色石以補蒼天……」《淮南子》。由此可見，我們的祖先從遠古時代就對火山、地震、火災、洪水、猛獸等自然災害有所體驗和經歷，並希望能找出某種補救的辦法，來一勞永逸地解決這些問題。但因搞不清楚原因，所以便以為是天出了毛病，破了一個大窟窿，只好讓女媧去補。女媧也便傾盡全力，萬死不辭，成了人類的大英雄。

現在，天真地破了一個大窟窿，但女媧卻不在了，由誰去補呢？看來只能靠人類自己。

氣象學家的憂慮

據人類學家們說，氣候的變遷正是人類進化的原動力。如果地球上的氣候一成不變，永遠是那麼溫暖如春，永遠是那麼風調雨順的話，那麼到現在，統治世界的最高級動物，很可能仍然是猴子。

自從人類來到這個世界上，就一直面臨著兩種挑戰，一是來自人類本身，一是來自於大自然。實際上，人類正是在與這兩種挑戰的反覆較量中發展起來的，這就是人類的文明史。

而在人類與大自然的較量中，最直接、最經常的對手則是變幻莫測的天氣。天氣可以造福於人類，也可以置人類於死地。因此，人類對於天氣是既依賴，又敬畏，既感激，又恐懼，故有「天有不測風雨，人有旦夕禍福」之感慨。

然而，可以毫不誇張地說，人類在到達南極之前，實際上還並不真正瞭解天氣到底有多大的威力！

就拿風來說吧，在世界其他的地方，十級以上的大風就足以使牆傾屋摧，地動山搖，造成災難性的後果，使人類的生命財產遭受到巨大損失。但是，即使是十二級颱風，其風速也不過是每秒三十二・六米，而在南極，風速常常可以達到每秒五十五・六米，有時甚至可達每小時三百多公里！因此，人們把南極叫做「暴風雪之家」，或者稱之為「風極」，是毫不誇張的。這樣的風速，對於人類的生存來說，無疑是一種嚴重的威脅。例如，一九六〇年，在日本昭和基地越冬的考察隊員福島，走出基地樓房沒有幾步，便被咆哮而至的大風席捲而去，就像艾麗斯漫遊仙境一樣，飄飄如仙，無影無蹤。直到七年之後，人們才在很遠的地方偶然發現了他的屍體。

大風的直接後果則是導致了極度的寒冷。一九六〇年八月二十四日，蘇聯人在他們設在東南極中心地區的東方站裏，觀測到了攝氏零下八十八・三度的極低溫度。而在一九八三年七月二十一日，在東方站又記錄到了攝氏零下八十九・六度的溫度；同年七月，新西蘭人在他們的萬達站也記到了同樣的溫度。這還並非最低記錄。據說，一九六七年初，挪威人在極點站曾經記錄到攝氏零下九十四・五度的最低溫度。在這樣的氣溫之中，一塊鋼塊掉在地上就會摔得粉碎，一杯熱水潑到空中，落下來就變成了冰雹。在這種條件之下，人類的生存將會受到多大的挑戰和考驗，就可想而知了。

南極的氣候不僅表現在狂風和嚴寒上，而且變幻莫測，常能出人不意，攻人不備，防不勝防，令人膽寒。例如，一九七〇年有六架美國海軍的運輸機滿載著準備越冬的人員和物資，從新西蘭飛往麥克默多基地，前面五架飛機都平安地抵達機場。而當第六架飛機只剩下最後四十分鐘的路程時，突然刮起了特大的暴風，駕駛員被迫緊急降落，結果，巨大的C-130運輸機被狂風吹得飄飄搖搖，失去了控制，折斷了一個翅膀，撞壞了著陸架。經過幾小時的連續奮戰，才把機上人員拯救出來。值得慶幸的是，機上八名人員全部脫險。在南極，這樣的例子是很多的。

對常人來說，南極的氣候確實是令人談虎色變，心驚膽寒。但是，氣象學家們卻是喜出望外，樂此不疲，因為他們終於找到了一個研究天氣的最理想的實驗室。

長期以來，人類對於氣候變化的反覆無常一直迷惑不解，而對天氣變化的預報和解釋又往往為巫師所把持，或歸功為神靈的恩典，或嫁禍為魔鬼的發怒，因而更加重了人們對天氣的疑惑和恐懼。直到最近幾十年以來，隨著科學技術的飛速發展，特別是高空探測技術的廣泛應用，人們才開始摸索到了氣候變化規律的一點點蛛絲馬跡。但天氣預報仍然常常是漏洞百出，不僅成為公眾譏笑的對象，而且因為預報不準，往往會遭受很大的損失。因此，氣象學家們總是憂心忡忡，只有當他們來到南極之後，他們才驚奇地發現，這裏很可能蘊藏著解開全球性氣候變化的鑰匙。

經過大量研究之後，科學家們普遍認為，影響全球性氣候變化主要有三個關鍵性因素：一是地球從太陽所吸收的能量的變化；二是從地球表面反射回太空的能量的多少；三是大氣對流和海洋環流的相互作用。而最近的研究表明，南極大陸的存在，對這三個關鍵性因素都有著很大的控制作用。

首先，南極冰蓋對於太陽輻射能量的變化是非常敏感的。科學家們通過大量的觀測結果估計，如果太陽輻射出來的能量減少一％，南極冰蓋就會往外延伸一千一百公里，這將導致地球表面的溫度下降攝氏五度，因而引起全球的氣候發生災難性的後果。而如果太陽輻射出來的能量減少一・六％，則整個地球就將被冰層所覆蓋，這對人類來說，無疑是一種滅頂之災。

另外，南北兩極冰蓋的存在，就像是在地球表面安裝了兩面巨大的鏡子，將太陽輻射到這兩個地區的能量，絕大部分都反射了回去。再加上南極高原的空氣稀薄而乾燥，灰塵極少，所以被冰層反射回來的能量很難被空氣所吸收，因而白白地散射到太空中去，致使地球損失了相當一部分熱能。不僅如此，因為南極冰蓋覆蓋了南大洋很大一部分面積，這就大大地減少了大氣和海洋之間的熱交換，從而成了嚴重影響氣候變化另一個重要因素。而且，更加重要的是，南極冰蓋季節性的漲縮又把上述效應大大地放大了。我們知道，冰對來自於太陽能量的反射率大約是水的五到十六倍。而在冬天，冰蓋的面積是夏天時的五倍，最大時覆蓋了整個南半球面積的八％，因此，南極冰蓋的存在和漲縮對全球性的氣候變化影響之大就可想而知了。

若從全球範圍來看，海洋和大氣循環系統就像是一架巨大的熱動力機，其熱能主要來自被太陽光加熱了的地球表面，特別是善於吸收熱量的海洋表面，在這裏，海水將太陽能吸收並貯存起來，為這個熱動力機提供了取之不盡的燃料供應。於是，在地球的表層形成了兩個互相影響的循環系統，這就是大氣對流和海洋環流。一方面，赤道附近的熱空氣上升，從高空流向兩極，在那裏釋放出熱能而變冷，下降到地面以後，又從兩極吹回到赤道，形成了大氣的全球性對流；另一方面，主要是在風力的驅動之下，赤道附近的熱水和兩極附近的冷水相互對流，組成了另外一種連續不斷的熱交換，形成了全球性的大洋循環系統。特別應該指出的是，在這架熱動力機運轉的過程中，南北兩極所發揮的作用並不是相同的，其中南極的控制作用要比北極大得多。這是因為，最近的研究表明，南極不僅僅是南半球，而且也是全球性大氣和海洋環流的中心，這主要是由於南極高大的陸地冰蓋所造成的。而北極冰蓋僅僅是一片平坦的海洋，所以其影響則要比南極小得多。例如，最新的觀測結果證明，南極附近的深部海水往北一直穿過赤道，到達大西洋的北部，這對北半球的氣候必然會造成一定的影響。

中國的氣候變化似乎就證明了這一點。例如，當寒流襲來的時候，你也許很容易就想到西伯利亞，如果再往北想一想呢？那就是北極。但是，當長江地區梅雨連綿或東北地區夏溫偏低時，你可曾想到，這與南極地區的積雪量會有什麼關係？中國的氣象學家經研究發現，南極地區積雪量的多少，與中國長江流域的梅雨多少，及東北地區的夏季低溫有著明顯的對應關係。而南極海冰的消長則與赤道附近的海溫及西太平洋副熱帶的高壓和颱風的變幻密切相關。不僅如此，中國氣象工作者在南極的研究還表明，北半球夏季的環流形勢，以及中國夏季的降水多少和溫度狀況，都與前期南極大陸的溫度狀況存在著遙相呼應的關係。由此可見，南極對於全球性氣候變化的影響，是並不以赤道為界的。

其實，南極的重要性還遠非如此。眾所周知，南極大陸九十五％以上的面積都為冰川所覆蓋，全球九十五％以上的永久性冰川都儲存在南極，這些冰川佔全球淡水總量的七十二％。在當今這個乾旱少雨的地球上，這是一些多麼具有誘惑力的數字！然而，巨大的冰蓋固然雄偉，淡水資源固然可貴，但你可曾想到，這其中也暗含著某種危機？因為，如果南極冰蓋完全融化，地球的海平面將會上升六十米，全世界八十％以上的大城市將成為水下宮殿，陸地面積大大減少，耕地的面積幾乎為零，工廠淹沒，農業癱瘓，對人類來說，那將意味著什麼！

大陸與海洋的起源

沿北冰洋岸邊散步，有兩種東西到處都是，一是大大小小的鵝卵石延綿無窮；二是各種各樣的白色漂木比比皆是。這些東西是從哪裏來的呢？

石頭來自深山，這是毫無疑問的，經過長途沖刷和搬運，才成了現在這種樣子。然而，北極不長樹木，怎麼會有木頭呢？唯一的解釋，就是從遙遠的南方漂流過來的。在過去，愛斯基摩人就是靠這些木頭來取暖做飯。現在因為有了電和煤氣，所以沒有人再去揀這些東西，它們只能靜靜地躺臥在岸邊，有的是整棵的樹幹，有的是破片斷枝，都已經浸泡得變成白色，隨時都在提醒著人們，大海和陸地有著密切的聯繫。

然而，無論是卵石，還是漂木，它們之所以能來到北極，完全是由於水的功勞。那麼，這浩瀚的大海，汪洋的水體又是從哪裏來的呢？據地質學家說，地球上的水，可能是從石頭裏釋放出來的。

原來，地球上有大量其成分中含有水的岩石，如含水的硅酸鹽類，是在地球冷卻的過程中逐漸形成的。後來，可能是在地球形成最初的十億年的後期，含在岩石裏的水便以液態形式漸漸釋放了出來。水往低處流，並在地球表面低凹的地方積聚起來，越積越多，形成今天所看到的覆蓋地球表面四分之三的巨大水體。

那麼，地球上怎麼會有陸地和海洋之分呢？這是因為，地球在形成初期，由於重力分異作用，重的下沉而輕的上浮，所以有些硅酸鹽性淺色的物質就浮上表面，形成一層外殼，最典型的就是花崗岩。但是這層外殼並不是均勻的，而是集中在某一地區，因而形成隆起，這就是最初的陸地。而在另外一些地方，由於地球內部的物質仍需要不斷地外溢，所以一些硅鎂性深色的物質通過一些長長的裂縫從地幔中不斷湧出，並向兩側推展，形成了一些窪地，這就是最初的海洋。最典型的就是玄武岩，這是構成海洋地殼的最基本的岩石。當岩石中分離出來的水份漸漸充滿這些窪地的時候，地球上的陸地和海洋就最後形成了。這一過程大約用了十億年。

原來，研究地球的科學家認為，地球上的陸地和海洋都是固定不變的，從它們形成的時候起就是在這個地方，也就是這個樣子，這叫做「固定論」。後來，人們終於認識到，事實原來並非如此，結果導致了地球科學的一場革命。有一個人在這場革命中起到了至關重要的作用，他就是魏格納。

魏格納與大陸漂移

科學並不神秘，而是恰恰相反，在我們司空見慣的現象中，往往就包含著極其深刻的科學道理，一些偶然的發現，常常就會揭示出某種普遍的規律。例如，一個小孩，偶爾將一片凹透鏡和一片凸透鏡重疊在一起，結果就發明了望遠鏡；一個染匠，偶爾將染缸邊上發霉了的東西抹在因感冒正在發燒的孩子嘴裏，居然治好了病，因而發現了青黴素；一個水手，因患壞血病而奄奄一息，被遺棄在荒島上，吃了青草卻又活了過來，結果就發現了維生素；至於說牛頓因看到蘋果落地而發現了萬有引力定律，雖為誤傳，卻也符合一定的科學道理。

同樣地，在中世紀的地理大發現之後，當人們終於把各大陸的輪廓比較準確地繪製到地圖上時，便看到了一個極其有趣的現象，即大西洋兩岸的陸地凹凸對應，大小一致，就像是一張報紙，被撕成兩半似的，然而，也許是因為熟視無睹的緣故，雖然許多人都注意到了這一點，卻沒有把它當成是一回事。

實際上，早在一六二〇年，就有人提出過，根據大陸的形狀來看，南北美洲有可能和非洲及歐洲大陸曾經是連接在一起的。因為當時只是一種猜測，並沒有實際資料作依據，所以只能是紙上談兵，沒有引起人們的注意，最後不了了之。到了十九世紀末期，由於地質資料愈來愈豐富，有人又重新提出了這一問題。例如奧地利的地質學家休斯(Eduard Suess)因注意到南半球各大陸上的岩石非常一致，地層非常接近，因而大膽地將它們拼湊到一起，構成一塊單一的大陸，並稱之為岡瓦納古陸。但因資料畢竟有限，證據仍然不足，所以並沒有引起足夠的重視。

進入二十世紀以後，地球科學的積累已經達到了從量變到質變的程度，人們的觀念正面臨著一場新的革命，魏格納則應運而生，再一次舉起了大陸漂移這面旗幟。

魏格納(A. L. Wegener)一八八〇年十一月一日出生在德國。長大之後成了一名氣象學家，但卻對地質和地球物理學有著濃厚的興趣。一九一二年，在一次演講中，他正式提出了大陸漂移的假說。他認為，既然地球的物質在重力（即引力）的作用下能夠發生垂直流動，就像前面所說的那樣。那麼，在水平力的作用下，它同樣應該能夠沿水平方向移動。但是，垂直力當然比較容易找到，那就是重力，即地球的引力，這種力無處不在，無時不有，是非常現成的。然而，水平力到哪裏去找呢？要使如此巨大的大陸塊體沿水平方向漂移，沒有一種相當巨大的能源作動力是絕對不可能的。而在魏格納的時代，由於條件所限，這種力量是無論如何也想像不出來的。這就是大陸漂移學說難為人們所接受的最根本的問題。儘管如此，魏格納對此卻堅信不移。

為了支持大陸漂移的觀點，魏格納收集了大量的證據。他舉出了大西洋兩岸多得驚人的化石、岩層和地質構造的相似性及親緣關係，並且認為，大西洋兩岸的大陸就像是一塊撕成兩半的報紙，當把它重新拼起來時，原來的字跡就能一一相對，清楚地連在一起。一九一五年，魏格納發表了他的名著《大陸與海洋的起源》一書，在地質界引起了軒然大波，一直爭論了半個多世紀。關鍵就在力源，有什麼力量能使巨大的陸地移動呢？

本世紀五〇年代初期，海洋地質學家在研究洋底地形的時候發現，在所有大洋的中部，都有一條連綿不斷的海底山脈，長達數萬公里，就像是脊樑骨一樣，所以人們把這些海底山脈叫做大洋中脊。測定了大洋中脊大量岩石標本的絕對年齡以後發現，所有的大洋中脊都很年輕，都是在大約一・三五億年以前開始的白堊紀之後形成的，引起了人們極大的興趣。後來，人們在測定大洋中脊兩側的岩石標本的絕對年齡和磁性時，發現了一個更加奇怪的現象，即從中脊往外，岩石的年代越來越老，而岩石的磁性，則成明顯的條帶狀，而且兩邊是互相對稱的。科學家們分析了這些結果以後，終於恍然大悟，原來海底是後來形成的，並從中間向兩邊推移，於是提出了海底擴張的假說。而海底擴張正是大陸漂移的原動力。

那麼，海底為什麼會向外擴張呢？這是由地幔對流造成的。原來，由於上部冷而下部熱，所以塑性的地幔則在不斷地對流當中。陸地漂浮在地幔以上，正如船舶漂浮在海洋上一樣，所以便會隨著地幔的對流而運動。這樣，困擾人們已久的力源問題終於迎刃而解了。

因為海底是堅硬的，所以有人猜測，漂浮在地幔上的岩石圈可能分成許多塊，並且在做相對運動，由此便產生了板塊運動的概念。海底擴張和板塊運動給了大陸漂移的觀點以強有力的支持，這已經是六〇年代初期的事了。在被譏諷和嘲笑了幾十年之後，魏格納的學說終於取得了決定性的勝利。現在，地質學家們普遍認為，在二億年以前，地球上所有的大陸都是連在一起的，魏格納當時把這塊聯合大陸稱為潘加（Pangaea，希臘語，即所有的大陸），後來由於某種原因，這塊超級古大陸一分為二，北面的一塊叫做勞亞古陸，南面的一塊就是岡瓦納古陸。再後來這兩塊古陸也相繼四分五裂，前者形成了北美洲和歐亞大陸，後者則分裂成南極洲、非洲、南美洲、大洋洲、紐西蘭和印度次大陸。

最近幾年，通過全球性陸地和海洋地質及地球物理的綜合研究，澄清了許多事實，使人們對於大陸漂移和岡瓦納古陸的解體過程逐漸有了輪廓性的認識，當然這個時間表的誤差可能達百萬年乃至千萬年計，但對數以億年計的地球來說，這已經相當精確了。

地質學家告訴我們，在三・五億年前，地球是相當寒冷的。那時候，聯合古陸南部的大部分為冰雪覆蓋。到大約二・八億年前，地球上開始轉暖，溫帶的氣候從南緯四十度一直延續至南極。現在的南極大陸當時長滿了茂盛的闊葉林。到二・二億年以前，地球上出現了陸棲和水陸兩棲的爬行動物。從一・九億年以來，地球進入了一個強烈的火山活動的高潮期。一百萬年以後，即地質上的三疊紀末期，聯合古陸北半的勞亞古陸和南半的岡瓦納古陸開始分離。差不多與此同時，這兩塊古陸本身也開始解體。又過了六千五百萬年，大約在一・三億年以前的侏羅紀末期，北大西洋和印度洋大規模地張開，北美洲和歐亞大陸開始分開，非洲和澳大利亞開始分離。由於裂谷的產生，南大西洋開始形成。大約在七千五百萬年以前，印度板塊與歐亞大陸相撞，喜馬拉雅山開始隆起。到大約五千萬年以前，澳大利亞和紐西蘭開始分離，南極大陸開始緩慢地往南移動，逐漸到達它現在所在的位置。從大約三千五百萬年開始，南極周圍的海洋開始變冷，海岸地區的森林減少。到二千萬年以前，南極大陸又重新為冰雪所覆蓋，並且與其他大陸完全脫離，形成了現在的格局。這次所形成的冰蓋一直延續到現在，也就是說，現在的南極冰蓋已經有二千萬年的歷史了。大約五百萬年以前，南半球的氣候變得更加寒冷，在冬季，大洋裏的浮冰往北一直延伸到南緯四十五度左右。奇怪的是，在這期間，地球上的氣候是不對稱的，北半球相當暖和，以致北極地區是一片無冰的海洋。直到二百五十萬年以前，北極地區才開始結冰，成為名副其實的北冰洋。而且有跡象表明，在那之後，北冰洋裏的冰似乎還曾經消融過。

這就是南北兩極的由來及其地質演變史。

生物進化與板塊運動

縱觀了兩極的動物之後，人們自然會提出這樣的問題：北極為什麼沒有企鵝？南極為什麼沒有北極熊？既然南北兩極的自然環境如此相似，如果我們人為地將企鵝引進北極，把北極熊帶到南極，豈不就兩全其美，情景將會怎樣呢？要回答這些問題，首先還得從生物進化與大陸漂移的關係說起。

一八〇九年二月十二日，在相距遙遠的美國和英國，同時誕生了兩個偉大的生命。前者後來成了解放黑奴的美國總統，那就是林肯。後者後來則成了進化論的奠基者，那就是達爾文。

一個偉大的科學家並不一定從小就是非常優秀的，甚至恰恰相反，他們小的時候往往會顯得有點糊塗，例如牛頓、愛因斯坦、愛迪生和達爾文等都是如此，這可能是由於他們獨特的思維方式決定的。達爾文幼年時期學習成績平平，所以常常受到父親的嚴厲訓斥。但他從小就愛好自然，喜歡收集鵝卵石、捕捉昆蟲、觀察植物、搜集鳥蛋等，父親對此卻並不限制。

而這種童稚時期的興趣和愛好卻正是他後來成就偉大事業的基礎。

一八三一年，達爾文從劍橋大學畢業以後，正好參加了一次環球科學探險航行。這次航行不僅決定了達爾文的一生，而且也把人類從上帝創世說的宗教迷霧中解救了出來。

一八三一年十二月二十七日，皇家「獵犬」號從英國起航，開始了它為期五年的環球航行。值得一提的是，達爾文進化論的萌發和孕育卻是從地質學開始的。當時由於暈船，他則躺在床上閱讀《地質學原理》一書。這本書的作者認為，地球上的陸地、平原和山岳，是風、雨、地震、火山爆發和其他自然力的作用造成的，與「諾亞洪水」並無關係。而且，這些自然力仍然在改變著地球的外形。這些觀點雖然被當時的學術權威們認為是異端邪說，但對思維敏銳的達爾文倒是一種啟迪。後來，在一個懸崖的石灰石岩層裏，他發現了許多貝殼化石，令他驚訝的是，這些貝殼竟然和懸崖下面海灘上所撿到的貝殼一模一樣。正是在《地質學原理》的指導下，達爾文弄清了一個重要的事實，即這個貝殼岩層曾經是海底的一部分，後來在某種力量的作用下，海岸不斷升高，才變成了今天的樣子。而通過對許多孤立現象進行仔細的觀察，再將新資料集中起來加以分析，就可以從古代的歷史一直看到今天的世界。震驚世界的新思想就是這樣出現的。

在南美洲阿根廷的大草原上，達爾文發現了許多動物化石，包括了一枚馬的齲齒，這說明馬曾和南美大陸上的古代動物一起生活。也就是說，南美洲曾經有過本地馬，後來卻消失了，直到哥倫布發現新大陸之後，殖民者才又將現代馬帶進了這片土地。

更使達爾文感到吃驚和困惑的是古代動物和現代動物之間的關係。在阿根廷大草原上所發掘出來的一些動物化石和北美洲已知的動物化石十分相似。但在距今不遠的近代歷史中，這兩個大陸卻有自己獨特的動物。例如，南美洲有猴子、貉馬、貘、食蟻獸和犰狳，而北美洲則有它自己的嚙齒類動物和帶角的反芻動物，包括羊、牛、山羊及羚羊等。一大片陸地分成兩個各有明顯特徵的動物區，而且大致可以確定出其分裂的年代和方式，這自然引起達爾文的深思。他推測，南北美洲可能是因為墨西哥臺地升高和西印度群島下沉而分裂的。後來只有少數流浪動物才能往返於兩個大陸之間。而且，他還注意到，南北美洲兩個大陸的古代動物比美洲的現代動物更加接近於亞洲和歐洲的動物。當時他認為，這可能是北美洲的象、柱牙象、馬和帶角的反芻動物，都是從西伯利亞經過白令海峽的一個跨海通道遷徙過來的，逐漸往南移居，到達南美大陸，並在那裏繁衍生息，後來不知為什麼卻都滅絕了。十分可惜的是，由於條件的限制，達爾文對這個問題並沒有深究，否則的話，他當時很可能就會想到大陸漂移，那樣的話，他將成為人類科學史上兩項巨獎的得主。

實際上，達爾文本來是一個虔誠的天主教徒，對上帝創世說堅信不移。然而，當他到達太平洋中一個孤零零的小島時，他的信念開始動搖。

一八三五年九月，「獵犬」號向西駛入太平洋，抵達加拉巴哥島。在那裏，大自然向達爾文展示了一個更加奇特的世界。

如果這個距南美洲大陸將近一千公里的小島上的生物與其他地區的生物根本不同，那麼那就可以證明，這些生物都是由上帝為這個小島專門創造的。然而，令達爾文大惑不解的是，這個小島上的大多數生物，從鳥類到爬行動物，都與美洲大陸上相應的物種完全相似。於是，他對上帝的信念發生了懷疑。如果加拉巴哥群島上的生物都是由上帝創造的，那麼它們為什麼會帶有美洲大陸上的動物特徵呢？那時他剛剛二十七歲，但在頭腦中卻萌發了將要永遠地改變人類思想觀念的一項偉大理論的種子。當然，作為一種嶄新觀念的創立者，僅僅握有資料還是不夠的，還必須要用敏銳的頭腦去思考。而且，光能思考也還是不夠的，還必須要有敢於說出真理並堅持真理的勇氣。達爾文正是因為具備了這些條件，所以才有可能向著一項偉大事業的光輝頂點走去，但卻用了二十年的功夫。

進化論的觀點是：各種各樣不同形式的生命實際上都有著親緣關係，因為它們都是從同一個祖先長期進化而來的；而另一方面，各種形式的生命又是千差萬別，因為它們在水中、地上、空中各種不同的生存環境中逐漸改變了來自原來祖先的形象，以便適應新的環境。

一八五九年十一月二十四日，《物種起源》一書正式出版，第一版一千二百五十冊第一天就賣完了，並且立刻掀起了軒然大波。圍攻和謾罵接踵而來，但與此同時卻也湧現出來一批鬥士，站在最前面的則是赫胥黎。一八六〇年六月，當牛津的主教大人要打倒達爾文，並挑釁性地譏諷說「赫胥黎自稱人類起源於猿，難道他的祖父或祖母是猿」時，赫胥黎站起來回答說：「說我祖先是猿，我並不覺得可恥，但見到一個有地位的人侈談自己一無所知的科學問題，我倒覺得很可恥。」這場有名的辯論不僅永遠地載入了史冊，而且一直持續到現在。今天，公開懷疑進化論的人已經不多了，但不懂科學而大談科學的人卻仍然比比皆是。

一八七一年二月二十四日，《人類起源》一書出版，立刻引起了不同的反應，有的驚奇和讚賞，有的怨恨和憤怒。因為，這兩本巨著不僅破壞了舊有的思想觀念，而且也推翻了舊有的社會秩序。具有諷刺意味的是，在達爾文剛剛開始自己的研究時，只有異教徒才會對上帝創世說提出懷疑。而在進化論誕生之後，事情則正好顛倒了過來，只有那些頑固不化的正教徒才會否認生物進化的基本事實。

當然，話又說回來，達爾文的進化論也確實使自命不凡的人類的自尊心受到了一次沉重的打擊。因為，在這之前，人類是高於一切的，儘管人們並不知道自己是從那裏來的。然而，達爾文的進化論卻把人類與生物緊緊地連在了一起，僅就這一點，恐怕永遠也無法得到某些人的諒解和寬恕。

現在，利用大陸漂移的觀點，再來看一下達爾文當年的疑團，一切都變得迎刃而解、一清二楚。各個大陸遠古時代的生物之所以有其相似性，那是因為，在兩億多年以前，地球上所有的大陸都還是連在一起的。而後來的生物之所以有著明顯的差異，則是因為各個大陸四分五裂，氣候和環境都大不相同的緣故。就拿我們人類來說吧，因為很晚才來到這個星球上，只有幾百萬年的歷史，那時候各個大陸的格局基本上就是現在這種樣子。當時，只有非洲才有靈長類最高級的動物——猿類，而且也只有那裏的氣候和環境才適合於猿類向人類的過渡，所以人類首先是在非洲誕生出來，然後才往其他大陸逐漸遷移的。

同樣的道理，南極演化出了企鵝，北極則進化出了北極熊。這都是自然條件的產物。那麼，如果我們把企鵝帶到北極去放養，將北極熊帶到南極去繁殖，情況將會是怎麼樣的呢？其結果將會是災難性的。因為除了賊鷗之外，南極並沒有任何大型食肉動物，所以天真的企鵝沒有任何防範能力。因此，它們如果來到北極，必然成為北極熊的美餐。而如果把北極熊放到南極，後果將更加可怕，企鵝將很快就不復存在了。不僅如此，南極的生態平衡也將遭到嚴重破壞，許多生物都會從地球上消失。

達爾文與魏格納的異同及其他

繼牛頓發現三大定律之後，人類科學史上又發生了兩次極具深刻意義的事件，那就是達爾文的進化論和魏格納的大陸漂移。因為從專業上來說，這兩個人涉及的是兩個絕然不同的領域，所以人們常常會認為，他們是相距甚遠，風馬牛不相及，但若從更加普遍的意義上，將他們拉到一起，加以分析和對比，就會發現一些很有意思的啟示。

首先，他們出生的時代不同。達爾文生於一八〇九年而卒於一八八二年，那時候，世界正在經歷著工業革命的大變動時期；而魏格納則生於一八八〇年而卒於一九三〇年，他所生活的時代正是工業革命完成之後，工業國家正在大肆往外擴張，激烈爭奪市場的時代。然而，雖然他們生活的時代大不相同，但卻仍然有其共同的特點，即都有一種全球意識。達爾文本來是一個學業鬆散、不求深究的人，只是在他完成了全球旅行之後，其思維方式才發生了某種質的飛躍，為其後來的成就奠定了基礎；魏格納也是如此，為了替自己的論點搜集證據，他跑了世界的許多地方，並三次深入格陵蘭進行實地考察，最終死在那裏。正因如此，所以他對自己的理論才能堅信不移。

其次，他們的職業也很不相同。達爾文是個博物學家，對大自然有著濃厚的興趣；而魏格納則是個氣象學家，本來是研究天氣預報的。但是，他們也有一個共同的特點，就是都改了行，達爾文成了一個生物學家，而魏格納則變成了一個集地質、地球物理為一身的全球構造專家。當然，他們的學說也不相同。達爾文成了進化論的創始者，而魏格納則是大陸漂移學說的奠基人。然而，他們也遇到了同樣的問題，就是都遭到過激烈地批評和反對。

最後應該說明的是，他們不僅研究的對象不同，所遇到的對手也不相同。對進化論反對最為激烈的是教會，因為這與聖經的教義相佐，因而便觸動了神職人員的神經。而大陸漂移學說的反對者卻都是科學家，因為這與傳統的理論和觀點不同，所以便被認為是胡說八道。然而，他們也都有一個相同的結局，就是經過一場激烈的辯論和爭鬥之後，真理終於戰勝了謬誤。

人類社會的發展就是如此，沒有知識的積累，就不會有科學的發展；沒有財富的積累，就不會有生活的提高。也就是說，沒有昨天就沒有今天，沒有今天也就沒有明天。牛頓三大定律在通常的狀態下是對的，但若在以光速運動的狀態中則就不靈了，因而才有愛因斯坦的相對論作補充。達爾文的進化論也是如此，為了研究生物的進化，自然就要強調競爭，因為互相競爭是生物進化最為重要的原動力之一。然而，生物間的互相競爭是在共存的基礎上進行的，只是為了更好的生存，而決非以消滅對手為目的。這就是生物的多樣性。

人類社會同樣也是多樣的，例如國家的多樣，民族的多樣，種族的多樣，制度的多樣，文化的多樣，乃至習慣的多樣等。也就是說，人類之間同樣也存在一個多樣性的問題，不同國家和不同民族之間既相互依存，也相互競爭。而且，相互依賴是構成人類社會的基礎，而相互競爭只不過是為了更好的生存而已。

前事不忘，後事之師。達爾文和魏格納都是從全球範圍調查和思考問題，才確立了如此重要的學說，使人類對於自然界的認識向前邁進了兩大步。這也是科學發展的必然趨勢。

地球上的生命

聖經開宗明義第一篇就是〈創世紀〉，記載著上帝怎樣創造了世上萬物：第一天創造了光，第二天創造了空氣，第三天創造了花草樹木，第四天創造了太陽、月亮和星星，第五天創造了飛鳥和動物，第六天創造了牲畜、昆蟲、野獸和人類，並讓人類來管理天地。然而，地球上的東西又是如此之多，工作量是如此之大，辛苦之狀就可想而知了，連星期六也顧不上休息，直到第七天，總算大功告成，而且也累得實在受不了，只好歇著了。這一習慣一直延續至今。因此，我們都應該感謝上帝，不僅因為他為我們創造了宇宙，當然也包括我們自己。而且，也許更重要的是，如果他老人家當時一直幹下去，我們今天就不會有星期天了。不僅如此，人類還愈來愈懶惰，一個星期竟休息兩天，比上帝還舒服。

有些事情真是很奇怪，世界上不同民族的神話傳說怎麼會有那麼多相似之處呢？儘管語言不通，文字各異，早先也沒有翻譯，單靠一代一代口頭傳下來，竟有東西方文化交流的痕跡。例如，在中國開天闢地的故事中，有一則也是說造物主在正月初一造了雞、初二造狗、初三造羊、初四造豬、初五造牛、初六造馬、最後初七才造出了人。所以後人就把初七定為「人日」，也算是中國人的一個節日了，唐代詩人杜甫就有「草堂人日我歸來」的句子，這和耶和華創世真有點異曲同工之妙了。

當然，科學發展到今天，除了那些虔誠到愚昧程度的宗教信徒之外，再也沒有人會認為，世界萬物真是上帝創造的。但是，人們立刻就會提出一個極其尖銳的問題，既然不是神造的，那麼地球上的生命到底是從哪裏來的呢？這個問題和人類的歷史一樣古老，也就是說，自從人類來到這個世界上，就在不斷地問自己，可是直到今天，也還是沒有搞清楚。但也並不是說，我們和原始人一樣愚昧。實際上，人類正在一步步地接近著這一目標，但到底什麼時候能揭開這個謎，恐怕還有一定的距離。為了說明這一點，請看下面的事實。

先從三大飛躍說起

人若不是上帝創造出來的，那麼只有兩種可能，或者是從天上掉下來的，即外星來客；或者是從其他生物演化來的。對於前者，雖然有眾多的天外來客愛好者正在拼命鼓吹，但卻拿不出確切的證據，所以只能是天方夜譚。而對於後者，即生物進化論，卻有許多化石作依據，所以比較容易得到人們的理解和支持。

那麼，生物又是從哪裏來的呢？這又是一個謎。而且，有趣的是，所有生物的機體毫無例外的都是有機物，由此可見，生命產生的基礎首先是要有有機物。但是，在地球形成的初期，由於溫度極高，是不可能有任何有機物存在的。那麼，地球上的有機物又是從哪裏來的呢？

因此，如果我們承認人是從生物進化而來的，生物又是從地球上演化出來的，而不是從天上掉下來的，那麼，我們就必須回答三個問題，即地球上的一些物質是如何從無機物轉化成有機物的？有機物是如何演化出生命的？生物是如何進化成人類的？

科學家們真是自討苦吃，只要乾脆承認宇宙萬物都是由上帝創造出來的，或者地球上的生命包括人類都是從天上掉下來的，豈不一了百了？既簡單又省事，對別人無礙，對自己有利，何樂而不為呢？但他們卻不肯，而寧願翻山越嶺，吃苦受累，甚至冒著生命危險去尋找證據。這在常人看來，實在是難以理解的。那麼，他們到底找到了些什麼呢？

原來，在陸地和海洋形成之後，大約有幾億年的時間，地球上是非常乾淨的，大氣中沒有灰塵，陸地上沒有沙土，河流中沒有泥漿，海水中沒有雜質，一切都是如此純潔，完全是一個無機的世界，沒有任何有機物存在。那麼，有機物又是從哪裏來的呢？

眾所周知，組成物質最基本的單元就是化學元素。雖然迄今為止，人類發現的加上人工合成的化學元素已經有一百多種，但最常見的也不過幾十種而已。而世上萬物雖然種類繁多，變化無窮，但萬變不離其宗，從地球到人類，從太陽到微粒，都是由這些元素以不同的方式組合而成的。由此可見，有機物和無機物其實並沒有本質的區別，只不過是元素成份和結合方式有所不同而已。

有關的研究表明，有機物主要有兩種存在形式，那就是蛋白質和核酸。而構成有機物的主要化學元素則是碳、氫、氧、氮四種元素，其次還有硫、磷、鐵、銅等。而這些元素在原始的地球和大氣當中是到處都有的。問題在於，大自然是以怎樣的方式把它們組合起來而變為有機物的？

首先，要把這些無機的元素化合成為哪怕是簡單的有機物，也必須要有足夠的能量。而在原始地球的條件下，雷鳴閃電、太陽輻射、隕石撞擊和火山爆發等，都可以提供足夠高的溫度和足夠大的能量。由此可以推測，在當時的條件下，合成有機物的能源是不成問題的。

早在五六十年代，科學家們在實驗室裏通過模擬原始地球的自然狀況，例如雷鳴閃電，已經成功地從無機物中製造出了氨基酸和其他有機酸等簡單的有機物。這就有力地表明，在原始地球上，實現從無機物到有機物的飛躍是完全可能的。

當然，除此之外，還有人猜測，地球上那些原始的有機物，除自身製造的之外，有一部分也可能是由隕石帶進來的。這也是很有可能的事，因為，前幾年在南極發現的一些隕石上，就帶有種類不同的氨基酸。

總而言之，從無機物到有機物的飛躍，大概就是這樣完成的。科學家們對這一過程已經在實驗室裏進行了模擬。簡單有機物生成以後，在一些特定的條件下，就會形成複雜的有機物，即蛋白質和核酸，從而為第二個飛躍，即從有機物到生命，奠定了基礎。

然而，這第二個飛躍就不那麼簡單了。直到目前為止，科學家們無論利用多麼先進的設備，多麼複雜的實驗室，都未能把這一過程模擬出來。所以，現在所能說的只是一些猜想而已。

綜合而論，到今天為止，關於生命的起源主要有兩種假說，能引起人們普遍的重視。一是原始大鍋湯，認為自有機物形成以後，原始海洋中的營養成份愈來愈多，就像是一鍋富有營養的湯一樣。有機物在這鍋湯裏經過長期的演化，從簡單到複雜，最後終於誕生了最初的生命形式。另一種則是泡沫說，這是九〇年代剛剛提出來的，認為在原始海洋中必然會生成無數一瞬即逝的泡沫，而這些泡沫則正是地球上的所有生命的起源。

當然，這些都還是天方夜譚，而從迄今所發現的化石來看，對於地球上的生命演進，大體可以排列出這樣的時間順序：大約是在三十八億年以前，地球上出現了具有微結構的有機物，而且已經證明，這些有機物是在水面上放電時形成的；大約在三十五億年以前，地球上出現了可能是最古老的生命形式；二十二億年前出現了肯定無誤的藍藻；十四億年前出現了真核生物，即具有真正的細胞核的生物；六億年前出現了大量的生物群體；二億年前出現了大量爬行動物，進入了恐龍時代；六千五百萬年以前出現了哺育動物；大約在三百萬年以前出現了原始的人類；大約在三萬年以前，出現了現代人類。這就是根據迄今為止的化石，我們所知道的地球上的生命先後出現的次序。

生命演進的順序

雖然我們還不知道地球上的第一個生命是怎樣產生的，但有一點可以肯定，那就是，生命是在運動中形成的。首先是化學反應，如上所述，通過雷鳴閃電等能量進行了化學反應，使無機物變成了有機物，這就是各種各樣的氨基酸，這是組成蛋白質的最基本的物質。然後，在不停的化學反應和機械運動當中，例如波浪的翻滾和泡沫的生破，這些氨基酸又以不同的排列順序和組合方式結合在一起，形成了一些大分子，這就是蛋白質。雖然自然界裏的氨基酸只有二十多種，但不同的排列組合卻可以產生出數百億乃至數萬億種不同的蛋白質，從而為生命的形成奠定了堅實的物質基礎。

當然，光有蛋白質還不行，還要有另外一種有機物核酸，即核糖核酸和脫氧核糖核酸。當這兩種物質在自然界裏產生出來之後，在幾億年物理和化學的反覆運動之中，在某種偶然的機會之下，具有某種特定組合的蛋白質和核酸忽然碰在了一起，終於「活化」了起來，於是便產生了最初的生命。在此後的幾十億年裏，由簡單到複雜，終於演化出了像今天這樣一個豐富多彩，複雜紛紜的生命世界。由此可見，愈簡單的生命，歷史愈長；愈複雜的生命，歷史愈短。如果把三十多億年的時間當作一天二十四小時的話，那麼原始人類是在這一天的最後幾分鐘才出現在地球上的，而現代人類則是在這一天的最後幾秒鐘才來到這個世界上的。由此可見，若從廣義上來說，幾乎地球上的所有生物都可以說是人類的祖先。

那麼，人類到底是如何從動物中分化出來的呢？這首先是因為氣候所致。大約三百多萬年以前，由於氣溫下降和乾旱，非洲大片茂密的熱帶雨林逐漸變成了稀疏的森林和草原。有一些猿類跟隨著熱帶雨林的收縮而遷移，現在的猿類就是它們的後裔。另外一些猿類則來到了地上，為了尋找食物和逃避天敵而必須經常奔跑，所以漸漸直立，並學會了使用工具，這就是我們的祖先。這一過程都記錄在化石裏。

實際上，地球上的生命這一漫長而複雜的演化歷程，全部濃縮在一個人的發育過程之中。我們知道，一個人的生命正是從一個單細胞的受精卵開始的，這相當於最為原始的生命階段。

後來開始了細胞分裂，則相當於從單細胞向多細胞進化的過程。到生出骨骼以後，則相當於從無脊椎進化到有脊椎。而在最初的幾個月裏，人類的胚胎與爬行動物的胚胎沒有什麼區別，那時就相當於兩億多年前的爬行動物時代。幾個月以後，在人的雛形逐漸形成的一段時間裏，就相當於從爬行動物進化到了哺育動物。而當人的身體和大腦基本長成之後，則相當於從哺育動物進化到了人類。最後呱呱墜地，則相當於赤身裸體的原始人時代。觀察表明，現代猿類和猴子的智商和三四歲的孩子差不多。直到懂事以後，才算終於進入了現代文明。細想起來，這是多麼有趣的過程啊！

可愛的地球

宇宙是如此之大，星球是如此之多，但至少到目前為止，在人類所能探測的範圍之內，只有地球上有生命，特別是有生命最高形式的人類存在，這是為什麼呢？原來，這是由許多特定的條件造成的。

首先，陽光是地球上一切生命所必需的。陽光不僅使地球表面保持著適當的溫度，而且更加重要的是，陽光還為光合作用提供了必不可少的能源，因而也是地球上一切生命形式的基礎。然而，陽光既可作為哺育生命的源泉，也可成為扼殺生命的利器。如果離太陽太近，陽光則能把所有的東西烤焦。若離太陽太遠，環境溫度又會太低，任何生命都是沒有辦法生存的。而在太陽系的九大行星中，地球的位置差不多正好處於中間，既離得不太近，又離得不太遠，這是有利條件之一。

地球周圍有一層厚厚的大氣層，總厚度大約有八百至一千公里。這層厚厚的大氣層不僅有效地保護了地球表面，減少了來自宇宙的各種物質對地球表面的撞擊，因為絕大部分天體在到達地球表面之前，由於與大氣發生摩擦而燒成灰燼了。而且，由於這層大氣的存在，也使地球表面維持了適當的溫度。如果沒有大氣層，即使地球離太陽的距離適中，白天太陽直射時，地表的溫度也可能會高達幾百度，而黑夜地表的溫度則將在幾十甚至一百度以下，就像月亮一樣，生命是不可能出現的。這是有利條件之二。

大氣中的二氧化碳，不僅通過溫室效應，將太陽輻射到地球上的熱量保存在地球表面，從而大大減少了地球表面的溫差。而且，也許更加重要的是，二氧化碳還參加了光合作用，從而為一切生命提供了物質基礎。這是有利條件之三。

陽光中的紫外線是一切生命的剋星。如果這些紫外線毫無節制地照射到地面上來，原始生命根本就不可能生成。即使生成了，也會很快被殺死。因此，地球上也就不會有生命了。而大氣中的氧氣和臭氧層，就像一個保護罩一樣，把陽光中的紫外線的大部分都擋在外面，成了生命的保護神。這也就是為什麼大家對於臭氧空洞的出現憂心忡忡。這是有利條件之四。

眾所周知，水對生命來說也是必不可少的。它不僅演化出了生命，成了生命的搖籃。而且還參加了光合作用，為生命提供了物質基礎，從而維持了一切生命，成了孕育生命的母親。除此之外，它還以海洋環流和隨大氣對流的形式，參與地球表面水、氣、地的能量交換，從而維持了地球表面相對均一的溫度。而在現在所能探測到的星球中，只有地球擁有如此多的水份，如此巨大的海洋。這是有利條件之五。

總而言之，溫暖的陽光，適宜的溫度，充足的能量，理想的空氣，豐富的水份和濾去紫外線的空中保護，都是地球所特有的，而這正是地球上生命生存和演化的必要因素。由此可見，在茫茫宇宙當中，地球雖然不敢說是獨一無二，但至少也可以說是得天獨厚。因此，熱愛我們的地球吧!保護我們的地球吧!人類如果失去了地球，在宇宙當中就很難再找到一塊立足之地。

三民叢刊書目

①邁向已開發國家　孫　震著
②經濟發展啟示錄　于宗先著
③中國文學講話　王更生著
④紅樓夢新解　潘重規著
⑤紅樓夢新辨　潘重規著
⑥自由與權威　周陽山著
⑦勇往直前
　・傳播經營札記　石永貴著
⑧細微的一炷香　劉紹銘著
⑨文與情　琦　君著
⑩在我們的時代　周志文著
⑪中央社的故事（上）
　・民國二十一年至六十一年　周培敬著
⑫中央社的故事（下）
　・民國二十一年至六十一年　周培敬著
⑬梭羅與中國　陳長房著
⑭時代邊緣之聲　龔鵬程著
⑮紅學六十年　潘重規著
⑯解咒與立法　勞思光著
⑰對不起，借過一下　水　晶著
⑱解體分裂的年代　楊　渡著
⑲德國在那裏？（政治、經濟）
　・聯邦德國四十年　郭恆鈺 許琳菲等著
⑳德國在那裏？（文化、統一）
　・聯邦德國四十年　郭恆鈺 許琳菲等著
㉑浮生九四
　・雪林回憶錄　蘇雪林著
㉒海天集　莊信正著
㉓日本式心靈
　・文化與社會散論　李永熾著
㉔臺灣文學風貌　李瑞騰著
㉕干儛集　黃翰荻著

㉖作家與作品　謝冰瑩著
㉗冰瑩書信　謝冰瑩著
㉘冰瑩遊記　謝冰瑩著
㉙冰瑩憶往　謝冰瑩著
㉚冰瑩懷舊　謝冰瑩著
㉛與世界文壇對話　鄭樹森著
㉜捉狂下的興嘆　南方朔著
㉝猶記風吹水上鱗
・錢穆與現代中國學術　余英時著
㉞形象與言語
・西方現代藝術評論文集　李明明著
㉟紅學論集　潘重規著
㊱憂鬱與狂熱　孫瑋芒著
㊲黃昏過客　沙　究著
㊳帶詩蹺課去　徐望雲著
㊴走出銅像國　龔鵬程著
㊵伴我半世紀的那把琴　鄧昌國著
㊶深層思考與思考深層　劉必榮著
・轉型期國際政治的觀察
㊷瞬　間　周志文著

㊸兩岸迷宮遊戲　楊　渡著
㊹德國問題與歐洲秩序　彭滂沱著
㊺文學關懷　李瑞騰著
㊻未能忘情　劉紹銘著
㊼發展路上艱難多　孫　震著
㊽胡適叢論　周質平著
㊾水與水神　王孝廉著
・中國的民俗與人文
㊿由英雄的人到人的泯滅　金恆杰著
・法國當代文學論集
51重商主義的窘境　賴建誠著
52中國文化與現代變遷　余英時著
53橡溪雜拾　思　果著
54統一後的德國　郭恆鈺主編
55愛廬談文學　黃永武著
56南十字星座　呂大明著
57重疊的足跡　韓　秀著
58書鄉長短調　黃碧端著
59愛情・仇恨・政治　朱立民著
・漢姆雷特專論及其他

⑥⓪蝴蝶球傳奇　顏匯增著
・真實與虛構
⑥①文化啓示錄　南方朔著
⑥②日本這個國家　章陸著
⑥③在沉寂與鼎沸之間　黃碧端著
⑥④民主與兩岸動向　余英時著
⑥⑤靈魂的按摩　劉紹銘著
⑥⑥迎向眾聲　向陽著
・八〇年代臺灣文化情境觀察
⑥⑦蛻變中的臺灣經濟　于宗先著
⑥⑧從現代到當代　鄭樹森著
⑥⑨嚴肅的遊戲　楊錦郁著
・當代文藝訪談錄
⑦⓪甜鹹酸梅　向明著
⑦①楓香　黃國彬著
⑦②日本深層　齊濤著
⑦③美麗的負荷　封德屏著
⑦④現代文明的隱者　周陽山著
⑦⑤煙火與噴泉　白靈著
⑦⑥七十浮跡　項退結著
・生活體驗與思考
⑦⑦永恆的彩虹　小民著
⑦⑧情繫一環　梁錫華著
⑦⑨遠山一抹　思果著
⑧⓪尋找希望的星空　呂大明著
⑧①領養一株雲杉　黃文範著
⑧②浮世情懷　劉安諾著
⑧③天涯長青　趙淑俠著
⑧④文學札記　黃國彬著
⑧⑤訪草（第一卷）　陳冠學著
⑧⑥藍色的斷想　陳冠學著
・孤獨者隨想錄
A・B・C全卷
⑧⑦追不回的永恆　彭歌著
⑧⑧紫水晶戒指　小民著
⑧⑨心路的嬉逐　劉延湘著
⑨⓪情書外一章　韓秀著
⑨①情到深處　簡宛著
⑨②父女對話　陳冠學著

⑬1 生肖與童年　小　民著
⑬2 京都一年　林文月著
⑬3 山水與古典　林文月著
⑬4 冬天黃昏的風笛　呂大明著
⑬5 心靈的花朵　戚宜君著
⑬6 親　戚　韓　秀著
⑬7 清詞選講　葉嘉瑩著
⑬8 迦陵談詞　葉嘉瑩著
⑬9 神樹　鄭　義著
⑭0 琦君說童年　琦　君著
⑭1 域外知音　張堂錡著
⑭2 遠方的戰爭　鄭寶娟著
⑭3 留著記憶・留著光　陳其茂著
⑭4 滾滾遼河　紀　剛著
⑭5 王禎和的小說世界　高全之著
⑭6 永恆與現在　劉述先著
⑭7 東方・西方　夏小舟著
⑭8 嗚咽海　程明琤著
⑭9 沙發椅的聯想　梅　新著
⑮0 資訊爆炸的落塵　徐佳士著
⑮1 沙漠裡的狼　白　樺著
⑮2 風信子女郎　虹　影著
⑮3 塵沙掠影　馬　遜著
⑮4 飄泊的雲　莊　因著

喜　樂圖

⑮⑤ 和泉式部日記

林文月 譯·圖

本書為日本平安時代文學作品中與《源氏物語》、《枕草子》鼎足而立的不朽之作。書中以簡淨的日記形式，記錄了一段不為俗世所容的戀情。優美的文字，纏綿的情詩，展現出愛情生活中細膩的起伏感受與歡愁，穿越時空，緊扣你我心弦。

⑮⑥ 愛的美麗與哀愁

夏小舟 著

愛情之於女人，常常是引誘飛蛾撲火的明燈，是絢麗的毒花，可女人偏偏渴望愛情。作者列舉許多男女的愛情、婚姻故事，郎才女貌未必幸福，摯情摯愛未必有緣，只是男人與女人之間如同萬物的規則，一物降一物，鹵水點豆腐，魔高一尺，道高一丈。

⑮⑦ 黑月

樊小玉 著

丁小玎隨著所在的中國公司到國外做勞務承包。因為是公司的英語翻譯，加上辦事勤快，見了人又總是一個柔柔和和的笑，於是很快就引起當地大部分男人的注意；而小玎能否在心儀的外交人員與愛慕自己的餐廳老闆間找到最後情感的歸宿？……

⑮⑧ 流香溪

季仲 著

作者透過一群「沿江吉普賽人」在流香溪畔發生的動人故事，牽引出現代觀念與傳統文化的價值矛盾、中日文化的碰撞衝突、人與自然的挑戰，以及善與惡的拉扯等；全書行文時而如行雲流水，時而又如波濤洶湧，讀來意趣盎然，發人深省。

⑮⑨ 史記評賞

賴漢屏 著

司馬遷《史記》一三〇篇，既是「究天人之際，通古今之變」的史學鉅著，也是我國古代傳記文學的精華。本書作者自幼即喜讀《史記》，從師學習，如今蘊藉已深，以其深厚的治學基礎，發為見解獨具的文采丰華，帶領讀者一探《史記》博雅的世界。

⑯⓪ 文學靈魂的閱讀

張堂錡 著

文學的力量使孤寂的心靈得到慰藉，貧乏的人生變得富有，唯有肯駐足品味的人才能透晰其所傳達出最深藏的祕密。本書共分三輯，窺視文學蘊含的殷情深意；感受其求新求變以及對大環境的價值。各自激發不盡的聯想與深沈的感動。

⑯① 抒情時代

鄭寶娟 著

在平淡無奇的生活中，你可曾留意生命中點點滴滴不平凡的小故事？作者以其平實的筆觸，刻劃出看似平凡卻令人難以遺忘的人生軌跡，你我都可能身在其中。書中情節所到之處，或許平凡、或許悲傷，但卻也不時充滿著生命的躍動，值得細細體會。

⑯② 九十九朵曇花

何修仁 著

人生有多少夢境會在現實中重複出現？是山間的樵歌？白雲間的群雁？還是昔日遠方純樸、悠閒的鄉間漫步？作者來自屏東，以濃郁深摯的筆調，縷縷細述人生中最動人的記憶，伴隨你我，步履於南臺灣的舊日情懷，一同感受人間最純摯的情感。

⑯③ 說故事的人

彭歌 著

這是作者多年來觀察文壇、社會與新聞界的肺腑之言。輯一故事與小說自不同角度探討小說寫作；輯二人與文刻劃出許多已逝人物卓然不凡的風範；輯三海外生涯則寫遊記、觀賞職籃等旅居海外之觀感。讀了此書，彷彿親身經歷了一趟時空之旅。

⑯④ 日本原形

齊濤 著

從明治維新以來，日本的一舉一動都對世界有著深遠的影響，尤其對臺灣來說，其影響更是巨大。作者長期旅日，摒除坊間「媚日」或「仇日」的論調，以客觀的描述，剖析日本的現形。對想要了解日本時勢與脈動的人來說，是不得不看的一本好書。

⑯⑤ 從張愛玲到林懷民

高全之 著

作者以嚴謹誠虔的態度，客觀分析的筆調，來評論臺灣當代小說，深深讓讀者了解近代文學的特點，進而深入九位作者的作品中，提供一些深刻的創見，帶領你我欣賞文學的美與實，進而體驗文學對生命喜悅、悲哀等生動的描述。

⑯⑥ 莎士比亞識字不多？

陳冠學 著

莎士比亞識字不多！一直以來被誤認是個偉大的作者。讀過本書，應能還莎士比亞一個清白，他絕對不是一個掠美者。這把聖火在臺灣重新點燃，希望將來這聖火能夠由臺灣再度傳回英國，傳到世界各地，也好讓莎士比亞的靈魂得到真正的安息。

⑯⑦ 情思・情絲

龔華 著

「妳，像野薑花；清香，混合在黎明裏，催我甦醒。沒有妳，我睜不開眼睛，走進陽光的世界。她，是我在黃昏裏，永遠踩不到的影子。像夜來香，惑我走進黑夜的濃郁……」本書集結了龔華在〈中副〉發表的散文，篇篇情意真摯，意境深遠，值得細細品味。

⑯⑧ 說吧，房間

林白 著

一個是離婚、失業的中年婦女，一個是愛熱鬧的單身貴族。兩個背景、個性迥然不同的女子，為何會發展出一段患難與共的交情？且看兩個女子的心情告白。本書在作者犀利細膩的筆調下，深刻描繪出都會女子的愛恨情仇、悲歡離合，值得細細品味。

⑯⑨ 自由鳥

鄭義 著

六四事件的悲憤情緒才剛平復，對八九民運功過的批判聲音竟已隨之響起。對此，大陸流亡作家鄭義，以一幕幕民運歷程與鐵幕紀實，中訴著他的心痛與不平。文中流露對同胞的關懷和自由的嚮往，深深地牽引著每一個中國人心中的沈痛與感動。

⑰⓪ 魚川讀詩

梅新 著

詩是抒情的天堂，但並非每個人都能領會其中的意涵。本書是梅新先生的遺作，首創以雜文式的筆調評論詩作，不依恃理論，反而使篇章更形活潑，有就事論事的評述，也有尖銳的諷喻，語帶機鋒，趣味盎然。引領您一窺知性與感性的詩情世界。

⑰ 好詩共欣賞

葉嘉瑩 著

本書作者葉嘉瑩教授，融會西方接受美學、符號學及中國詩論，來解讀陶淵明、杜甫、李商隱的作品，分析了三人作品的形象、情意和其中所含的隱微深意，並從興發感動讀者的角度來詮釋作品的成功與否，是喜愛古典詩的讀者不可錯過的好書。

⑰ 永不磨滅的愛

楊秋生 著

現代人的生活壓力大，使得人生危機四伏，生活充滿徬徨、疲倦和無力感。如何化解此一危機？作者以多年學佛的體驗，以及和家人朋友互動的點點滴滴，而了解到愛的真義，並希望能將愛分享給每個人，以重燃信心和希望。

⑰ 晴空星月

馬遜 著

大崙山上，晴空萬里，夜色如銀，星月交輝。作者因佛緣，追隨曉雲法師的步履，出掌華梵大學，以發揚佛教教育為己任。本書除叮嚀青年學子的話語外，還有對社會大眾闡發佛法精神的演講。其智慧的話語，如醍醐灌頂，為淨化心靈的一帖良方。

⑰ 風　景

韓秀 著

韓秀，一個出生於紐約，卻長年往返於世界各地的奇女子。在雅典、在開羅、在布達佩斯、在臺北、在高雄、在北京，作者皆能以其敏銳的心觀察她所造訪過的每一寸土地，以其向具纖細的筆觸，使一幅又一幅的動人「風景」躍然出現在您的面前！

⑰⑤ 談歷史　話教學

張元　著

作者以二位高一新生對歷史課程的困惑為引子，藉著師生座談對話的方式，從北京人時代到西晉，針對高中歷史教材，試圖以「史料閱讀」的方法鮮明地建構各代的歷史圖像，在活潑的對白間既談歷史意涵又話歷史教學，相當適合高中教學的參考。

⑰⑥ 兩極紀實

位夢華　著

任何人想要親臨兩極之地恐怕都不是件容易的事。作者因從事研究工作之便，足跡跨越兩極，將在極地所見所聞之動物奇觀、自然景致乃至當地所受文明衝擊，或以幽默輕鬆，或以深沈關懷的筆調娓娓道來，是無緣親至極地的讀者絕不可錯過的佳作。

⑰⑦ 遙遠的歌

夏小舟　著

世上只有兩種人，男人和女人。然而男女之間的恩愛情仇，卻糾葛難解。本書作者以一篇篇幽默的短篇故事，道盡世間男女的愛恨嗔痴。在她細膩委婉的筆下，愛情的本質和婚姻的面貌都一一呈現，必可帶給你前所未有的感受與體悟。

⑰⑧ 時間的通道

簡宛　著

「人生，是一條時間的通道，每一個人所走的方向和目標雖然不一樣，但是經過的路程卻是相似的……」當人們沈溺於歲月不待人的迷茫和感嘆時，作者平實的筆調將帶著我們對生活多用一點心思和一點執著，會使我們的「通道」裏，留下一點痕跡。

⑰ 燃燒的眼睛

簡宛 著

作者以自身多年來在美國的異域生活為背景，輔之敏銳的觀察力、豐富的情感、濃郁深摯的筆調，從而幻化出一篇篇感人肺腑的故事。尤其對於旅居海外異鄉遊子們的心境描寫更是深刻動人，是一本值得再三玩味的小說。

⑱ 月兒彎彎照美洲

李靜平 著

沒來美國時還不知那生活啥款；來了才知樣——啊！真夭壽！ 來到美國，是穿梭在黑白紅黃人群間；或在房裡看華語電視？是在壁爐邊吃耶誕大餐；還是窩伴著一桌熱火鍋？在忙碌的陽光下，可想起夜空裡一彎新月？月兒彎彎，訴說的又是誰的故事？

⑱ 愛盧談諺詩

黃永武 著

諺詩，是指用諺語聯成的詩，由於聯接巧妙加上意外組合，因此往往會有不可料想的妙趣出脫。如捉豬上板櫈，走馬看天花；成人不自在，做鬼也風流，等等。本書將帶你悠遊中國式幽默，探索諺語的源頭，喜愛好書的你，可千萬不能錯過！

⑱ 劉真傳

黃守誠 著

劉真，一位自四十年代開始影響國內教育最鉅的教育家。本書自劉真先生家學淵源寫起，隨著時間軌跡，記錄了他如何在風雨飄搖的年代裡為教育此類百年大業做出努力；因此雖然本書為劉真先生個人傳記，卻同時也是了解現今教育體制的最佳參照。

⑱ 天涯縱橫

位夢華 著

以兩極生態氣候的研究為基礎，作者建構了此書的論理與想像世界。內容從極地景致、開拓艱辛及天文物理觀念，引申至有關宇宙天人及環保的許多想法，包容科學與文學，兼具知性與感性。讓您在詼諧而深切的筆調中，激發對地球的關懷與熱愛。

⑱ 新詩論

許世旭 著

中國詩歌，無論新舊，是一座甘泉，若不掬飲，口渴神焦，……。作者係韓國人士，長年沈浸在中國文學之中，對於在中國新詩的源起及兩岸新詩風格的異同，均有獨到而精闢的見解。是讀者拓寬視野，更深入了解中國新詩之發展所必備的好書。

⑱ 天 譴

張 放 著

「一不埋怨天，二不埋怨地，只是咱家命不濟，生長在這亂世裡。」于祥生，一位山東流亡學生，民國三十八年隨政府搭乘濟和輪來到澎湖，卻萬萬沒料到會遭逢一場史無前例的政治騙局，他的人生、情愛就在這時代悲劇與宿命的安排下，無奈地上演。

⑱ 綠野仙蹤與中國

賴建誠 著

一本融和理性與感性的著作，以經濟分析的專業素養，將關懷的筆觸，延著供需曲線帶進閱讀的天空。那一篇篇翔實的數據，是驗證生活的另一種形式；那一篇篇雋詠的小品，則是理性思維的靠墊。不管你來自士農工商，本書都能提供一場知性洗禮。

⑱⑦ 標題飆題

馬西屏　著

一個出色的報紙標題不僅要精簡準確地傳達新聞訊息，更要能表現文字的優美和趣味，這可是一門藝術。近年來報紙解禁，各種充滿巧思創意的標題紛紛跳上版面，等著要攫取你的注意。小心！一場報刊標題的革命正在編輯枱上悄悄進行……

⑱⑧ 詩與情

黃永武　著

詩以情為主，作者長期浸淫於古典情詩，擷採珠玉，編綴出男女的愛情、家人的親情、入世的世情與出世的忘情種種世態人情。文中所引，首首如新摘茶筍，簇新可喜，且解說精要，切緊詩旨，能帶給您全新的視野與怡然的感受。